LES PIEDS DANS LES BOIS

Les pieds dans les bois

Marc-André Lacroix

Éditions Marlac
2016

Première impression: 2016

ISBN 978-2-9816244-0-6

Dépôt légal - Bibliothèque et Archives nationales du Québec, 2016.

Éditions Marlac
Québec, Canada

Merci à Esther, Suzanne, Daniel et Sylvie, pour leur aide précieuse.

Chapitre 1

Il faisait chaud. Très chaud.

Je jetai un coup d'œil à la trappe de ventilation du plafond, qui nous procurait jadis un doux courant d'air frais. Sans doute de l'air vicié et plein de poussière, mais frais quand même.

Je remis quelques romans policiers sur leur tablette et revins au comptoir, juste à temps pour servir une dame mince et grisonnante qui ne semblait pas trop souffrir de la chaleur.

- Quelles sont vos heures d'ouverture durant l'été?, me demanda-t-elle.

- Nous sommes ouverts tous les jours à compter de 10h. Jusqu'à 16h30 du lundi au mercredi, 18h30 le jeudi et 16h00 le vendredi et le samedi, et nous sommes fermés le dimanche, lui dis-je machinalement, ayant répondu à cette question au moins 100 fois depuis le début de la semaine.

Ne serait-ce du fait que je n'étais pas certain de travailler à la bibliothèque municipale l'été suivant, je me serais sans doute fait tatouer l'horaire d'été sur le front. Avec bien sûr la direction pour les toilettes sur les joues (hommes joue gauche, femmes joue droite). J'aurais ainsi économisé quelques litres de salive par jour, à tout le moins.

- P-A, téléphone pour toi, me lança Caroline, prenant la relève au comptoir des prêts.

Je me dirigeai sans précipitation vers le téléphone, sentant la semelle de mes chaussures se coller au plancher entre chaque pas.

- Bibliothèque municipale Jean-Lachaise, Pierre-Alexandre à l'appareil, comment puis-je vous aider?

- P-A, c'est moi, Steph. Ça va?

En fait, j'avais espéré naïvement que ce soit la jolie préposée des ressources humaines de la ville. Elle m'avait appelé quelques jours auparavant pour mettre mon dossier à jour pour le nouveau programme d'assurance-maladie, beaucoup plus généreux que le précédent avait-elle pris soin de souligner. Malheureusement, ça n'avait pas beaucoup d'importance pour un gars en pleine santé comme moi, lui avais-je lancé, écoutant attentivement dans l'attente d'un rire qui n'était jamais venu. Mais, bien que plutôt difficile à dire parce que je ne la voyais pas, je crois bien qu'elle avait sourit. Du moins, c'est ce que j'espérais. Mon seul autre bon coup avait été de lui répondre « célibataire » lorsqu'elle m'avait demandé mon état civil. Même dans mes rêves les plus fous, je n'aurais jamais osé imaginer un moyen aussi facile de mettre les choses au clair entre nous. D'autant plus que j'avais pris le temps de prendre une petite pause avant de répondre, essayant de faire paraître ma réponse très, comment dire, profession-nelle tout en étant suggestive. Mais très subtile.

En fait, tellement subtile que je n'avais plus entendu parler d'elle depuis. Je me consolais en pensant qu'elle devait bien passer pas mal de temps au téléphone à mettre tous ses dossiers à jour. C'est ainsi que, depuis son appel, je me cherchais désespérément une petite ma-ladie qui me permettrait de la rappeler pour avoir un peu plus d'information sur la couverture d'assurance. Une petite maladie sym-pathique, ce n'était pas nécessairement facile à trouver. D'où le temps passé assidûment dans le rayon des livres médicaux depuis.

- P-A, est-ce que t'es là?
- Eh...Oui, oui, je suis là. Ça va bien, toi? , répondis-je, ramené à la réalité par Stéphane, que tout le monde, même pas besoin d'être un ami comme il aimait le dire, appelait Steph.
- Oui, ça va. Qu'est-ce que tu fais en fin de semaine?
- Rien de spécial. Je pensais aller magasiner un peu samedi après-midi. Et finir un livre que j'ai commencé cette semaine. Pour-quoi?
- Parfait, j'ai justement quelque chose pour toi.

C'était habituellement à cette étape de mes conversations avec Steph que je commençais à être plus inquiet.

- Qu'est-ce que c'est?
- Tu te souviens de mon oncle Maurice?
- Je ne suis pas certain...
- Bien oui, celui de Québec qui travaillait sur la construc-tion...et qui était marié avec ma tante Jeannine, la coiffeuse...
- Celui qui a une Pontiac Bonneville bleue?
- Oui, c'est ça.
- OK, tu peux y aller, je le replace.

J'avais habituellement une très bonne mémoire des noms, des vi-sages et des liens de parenté en général. Mais je n'avais que rarement rencontré les oncles et tantes de Steph qui, bien que peu nombreux, se ressemblaient tous.

- Bon, figure-toi donc que c'était la lecture de son testament aujourd'hui.

- Il est décédé?
- Bien oui, pourquoi est-ce que tu penses qu'on lirait son testament?
- Euh…désolé. Je veux dire, mes condoléances.
- Oui, merci.
- Est-ce qu'il était malade?
- Oui. En fait, on lui avait diagnostiqué un cancer des poumons il y a quelques mois et…
- Est-ce qu'il avait commencé à suivre des traitements?
- Oui…, son état était pas mal avancé. Il n'avait pas beaucoup de chance de s'en sortir, mais…
- C'est malheureux. Est-ce qu'il a déjà été exposé?
- Laisse-moi donc parler deux minutes! Je ne t'appelle pas pour te parler de son exposition, je t'appelle pour parler de son testament…
- D'accord, tu n'as pas besoin de te fâcher…

C'était plus fort que moi. Quand quelque chose de triste arrive, il n'y a rien que je ne crains plus que le silence. Le silence, il n'y a rien de pire pour se remplir la tête d'idées. J'essayais donc de remplir les discussions du mieux que je pouvais pour éviter ces périodes sombres et qui rendent mal à l'aise. Pas toujours avec succès, je dois l'admettre… Sauf que Steph ne semblait pas trop ébranlé par la situation, ce qui me rassurait quand même un peu.

- Bien imagine-toi donc que je viens de gagner le gros lot.
- Le gros lot! T'es millionnaire?
- Presque. J'ai hérité du terrain de mon oncle près de St-Amour-de-la-Truite.
- Près de où?
- St-Amour-de-la-Truite. Es-tu sourd?
- Non, je n'étais pas certain d'avoir bien compris.
- Bien oui, St-Amour-de-la-Truite. Tout le monde connaît ça…

Je ne savais pas trop où allait cette conversation, mais ça commençait à sentir mauvais. Et pas seulement à cause de St-Trou-du-Poisson.

- Et c'est ça le gros lot?
- Bien oui, c'est ça. C'est même le notaire qui l'a dit.
- Le notaire a dit ça?
- Oui, il m'a dit que j'héritais du gros lot de mon oncle. Plus de 10 hectares en fait.
- Est-ce qu'il a dit gros lot ou grand lot?

- Comment ça?
- Un grand lot. Comme dans « ce lot de terrain est grand ».
- C'est quoi la différence?
- Un lot, Steph. Un lot de terrain. Ce n'est pas un gain à la loterie. C'est un lot. Un grand lot, mais un lot pareil.
- Et que tu es rabat-joie! Un lot, c'est un lot. Je le sais bien… Mais ça peut valoir une petite fortune quand même…

Comme toujours, j'avais la tâche ingrate de ramener Steph sur terre. Comme la fois où il croyait avoir gagné cinq mille dollars à la loterie et que j'avais dû lui souligner que la date du billet ne correspondait pas à la date du tirage. J'étais l'alarme du réveille-matin qui le faisait sortir de ses rêves les plus doux. Celui qui apprend au marathonien arrivé seul à la ligne d'arrivée qu'on doit reprendre la course à partir du début à cause d'un faux départ. Mais j'acceptais malgré tout mon rôle de messager de la cruelle réalité.

- Oui, c'est sûr, ça vaut sûrement de l'argent…
- Combien d'après toi?

Le voilà qui se remballait déjà. J'étais sûr qu'en ce moment, un petit filet de bave avait commencé à lui couler sur le côté de la bouche. Comme un chien qui a senti un os et qui aimerait bien qu'on lui dise que c'est le fémur d'un éléphant.

- Je ne sais pas trop. Ça dépend de plein de facteurs…

Ce qu'il y avait de spécial à travailler dans une bibliothèque, c'est que les gens me posaient toutes sortes de questions, pensant que j'avais lu tous les livres qui s'y trouvaient.

- …comme la proximité avec la route, la présence d'une rivière…
- Oui, je me souviens qu'il y avait une rivière qui passait sur le terrain. Et le terrain donne directement sur la route…

Voilà que j'avais rallumé la mèche de ce beau feu d'artifice qui se trouvait sans doute dans les yeux de Steph.

C'est alors que Steph partagea avec moi ses souvenirs de jeunesse, alors qu'il avait déjà passé quelque temps au terrain de son oncle, qui allait y chasser à l'automne et y couper du bois de chauffage pour l'hiver.

- Et, sans vouloir t'interrompre, qu'est-ce que tout ça a à voir avec la fin de semaine prochaine?, lui demandais-je, me rappelant le début de notre conversation.

- Ah oui, c'est vrai. Bien…j'aimerais ça que tu viennes voir le terrain avec moi. Tu vas voir, c'est vraiment une belle place.

- Mais…

- Et j'aurais besoin d'aide pour ramener du bois de chauffage.

- Ramener du bois de chauffage?

- Oui, mon oncle André va me prêter son camion et sa remorque. Et il est prêt à me payer 60$ par corde. C'est un très bon prix semble-t-il. Il m'a dit que je pourrais sans doute ramener trois, peut-être trois cordes et une demie.

- Ah…

- J'ai tout calculé. Disons qu'on ramène trois cordes, ça donne 180$, moins environ 80$ d'essence, ça me laisse 100$.

- Ça TE laisse 100$?

- Oui, mais je te rembourse 50$ sur ce que je te dois. Et puis tu vas être logé, nourri pendant la fin de semaine, en plus de pouvoir visiter un beau coin de pays.

- Oui, et puis je vais travailler comme un esclave à débiter du bois…

- Non, c'est ça le plus beau. Mon oncle André m'a dit que mon oncle Maurice avait déjà des cordes de bois débitées et empilées sur son terrain. Il pense qu'il y en a au moins dix, sinon quinze. Tout ce qu'on aura à faire, c'est de les mettre dans le camion et la remorque.

- D'accord, mais c'est quand même pas mal de travail.

- Mais tu peux lire ton livre en t'en allant, c'est moi qui vais conduire.

Et c'est là que je compris pourquoi Steph avait tant besoin d'un bibliothécaire pour l'aider à charger du bois de chauffage dans un camion. En fait, Steph n'avait que son permis de conduire temporaire et ne pouvait conduire qu'en présence d'un adulte responsable possédant son permis de conduire régulier. Et c'est ainsi que je me retrouvais sur un si joli piédestal.

- Ah, c'est vrai, tu as juste ton permis temporaire…

Habituellement, Steph m'aurait lancé quelques insultes et m'aurait raccroché au nez. Mais j'avais compris qu'il avait avantage à faire preuve d'un peu de patience. Aussi bien en profiter.

- Bien oui, j'ai mon permis temporaire. Mais si ça ne t'intéresse pas, je vais trouver quelqu'un d'autre, ça ne me dérange pas. Mais tu devras attendre plus longtemps avant de te faire rembourser, parce que je vais devoir le payer.

Effectivement, j'avais fait l'erreur de prêter 300$ à Steph dans un de mes moments de faiblesse. Il devait à tout prix payer ses droits d'inscriptions au collège, sinon il allait manquer sa session. Et il lui fallait aussi acheter ses livres et autres articles d'étude. De toute façon, c'était une question de temps avant qu'il reçoive son chèque pour les prêts et bourses. Malheureusement, le chèque avait dû couvrir d'autres besoins encore plus urgents, puisque je n'avais revu que 80$ de ce que je lui avais prêté. Heureusement, c'était de l'argent que je m'étais mis de côté en cas d'un problème avec la voiture que mon père m'avait donnée et, pour l'instant, tout baignait dans l'huile. N'empêche que j'avais hâte de revoir la couleur de cet argent.

- Bien non, c'est correct. Je vais y aller. Tu as dis que tu t'occupais des repas?

- Oui, ce sera sur mon bras!

- OK. Quand est-ce que tu veux partir?

- Le plus tôt possible samedi matin. C'est quand même à peu près cinq heures de route.

- Cinq heures! C'est dans quel coin?

- C'est dans l'est, on doit se rendre jusqu'à Saint-Charles et ensuite prendre les chemins forestiers. Mais ça se fait bien, tu vas voir.

- Oui, j'ai hâte de voir ça.

- Moi aussi! Bon, tu viens me rejoindre chez moi à 8 heures samedi.

- OK, 8 heures samedi matin.

- Merci P-A.

- Tu me remercieras quand j'aurai mon 100$ dans mes poches...

- Bien oui, ne t'inquiète pas pour ça.

Et c'est sur ces belles paroles que je m'étais embarqué dans cette jolie aventure. C'est parfois étrange ce que la vie peut nous réserver. Une vraie boîte à surprises...

Je retournai donc au comptoir de prêt, non sans m'essuyer les gouttes de sueur qui me perlaient sur le front.

- J'espère qu'ils vont réparer l'air climatisé bientôt, lançais-je à Caroline, en prenant la relève au comptoir des prêts.

- Oui, mets-en, me lança-t-elle, avec un regard qui disait que si ce n'était pas réparé dans les prochaines cinq minutes, elle allait frapper quelqu'un.

Je retournai donc à ma besogne habituelle, me disant que me faire battre par une collègue de travail qui faisait la moitié de mon poids n'impressionnerait sûrement pas la fille des ressources humaines. S'il-vous-plaît, faites qu'ils viennent réparer cet air climatisé…

Chapitre 2

Il était 8 heures moins 10 lorsque je grimpai les marches de l'escalier pour me rendre à l'appartement de Steph. En fait, l'appartement de Steph et d'un nombre toujours variable de colocataires dont, vous l'aurez deviné, aucun n'avait de permis de conduire.

J'aurais sans doute pu le parier. Steph n'était pas encore levé. Tout comme ses autres colocataires, d'ailleurs. Heureusement, leur grande confiance en la nature humaine, ou le fait qu'ils n'avaient rien de valeur à se faire voler, faisait en sorte qu'ils n'avaient pas verrouillé leur porte.

Je me dirigeai vers la chambre de Steph, du moins c'était la pièce qui lui servait de chambre lors de ma plus récente visite.

- Steph, c'est moi, P-A. Debout! C'est le temps de partir.

- Oui, encore deux petites minutes…

Je ne m'étais donc pas trompé de chambre.

- Non, il faut que tu te prépares maintenant. Tu te souviens, on s'en va à Sainte-Truie-de-nos-Amours.

- Pas tout de suite…, me répondit-il, se réfugiant sous ses couvertures.

Je décidai alors d'utiliser la manière forte…

- DEBOUT!

J'avais peut-être crié un peu trop fort. J'entendis un coup de poing résonner dans le mur de la chambre de Steph, œuvre de son voisin immédiat. Mais le principal intéressé était maintenant debout et c'était probablement les nerfs qui l'avaient précipité hors de son lit. Il se secoua un peu la tête et se frotta les yeux pendant plusieurs secondes.

- Allez viens, on s'en va!, me lança-t-il d'un air qui, considérant qu'il était dans un semi-coma quelques minutes auparavant, me parut tout de même assez convaincant.

Il se dirigea machinalement vers la porte, se rendit compte qu'il n'avait pas les clés du camion et revint, après avoir fait suffisamment de tapage dans sa chambre pour provoquer un autre coup de poing dans le mur. Il en sortit avec son trousseau de clés entre les dents.

Il ouvrit la portière du camion et s'y engouffra en moins de deux. Évidemment, les portes n'étaient pas verrouillées et je pus m'asseoir du côté passager, gardant mon sac à dos à mes pieds.

Tout se déroulait sans que Steph ne prononce un seul mot, ce qui était plutôt contraire à ses habitudes. Mais je devinai qu'il n'était pas encore totalement réveillé et que tout allait bientôt rentrer dans l'ordre.

- Oh non, attends-moi ici!, me lança soudain Steph, brisant le silence, sur un ton qui laissait croire qu'il avait oublié quelque chose de très important, comme son pied gauche ou un de ses deux reins.

Avant que je n'aie eu le temps de lui répondre, il courait déjà dans les escaliers.

La journée s'annonçait plutôt bien, ne serait-ce de cette chaleur accablante qui sévissait sur la métropole depuis de trop nombreux jours déjà. Mais il était à souhaiter qu'on pourrait trouver un peu de fraîcheur à cinq heures de route du béton.

J'étais toujours en train de méditer sur la fraîcheur des grands espaces lorsque je vis Steph réapparaître dans l'escalier. Contre toute attente de ma part, il n'était pas seul, mais suivi d'un autre spécimen dont on pouvait imaginer que le profond sommeil avait brutalement été interrompu. Du moins, c'est ce que je pouvais dire de mon angle de vue, sauf que ce spécimen semblait davantage mal en point que mon apprenti conducteur. J'avais déjà un mauvais pressentiment lorsque je l'avais vu suivre Steph, mais ce ne fut qu'aggravé lorsque j'aperçu que le spécimen en question trimbalait une hache dans sa main droite.

J'attendis donc que Steph vienne cogner dans la vitre de ma portière, évitant de prendre moi-même toute initiative qui aurait pu provoquer une réaction agressive de la part de cet étranger. Je descendis la vitre à mes côtés, gardant la sécurité de la portière que j'avais pris la peine de verrouiller derrière moi.

- P-A, est-ce que tu peux t'asseoir dans le milieu? Il faudrait faire de la place pour Bill.

Ça sentait vraiment mauvais. Et je ne parle pas ici de l'haleine du matin de Steph, mais plutôt du futur de la fin de semaine. Je n'avais pas une très bonne intuition pour ce Bill. Et qu'est-ce qu'il venait donc faire ici?

- Bill reste dans l'appartement d'à côté, me chuchota Steph en s'asseyant dans le camion, alors que Bill se lançait brusquement sur la banquette du camion, me projetant vers Steph. Sa blonde vient de le laisser…et il a déjà travaillé dans le bois avec son père, continua de me chuchoter Steph. Je me suis dis que ça ne pouvait pas nuire d'avoir de l'aide, au cas où il fallait couper quelques arbres.

Je me retournai alors vers notre nouveau compagnon d'expédition.

- Salut, moi c'est Pierre-Alexandre, mais tu peux m'appeler P-A.

Bill resta inerte pour un moment, le regard vide fixé en avant, mais finit par se retourner vers moi. Je lui fis un beau grand sourire, fruit de gros efforts de ma part, et Bill se contenta de marmonner quelques syllabes incompréhensibles qui, j'imagine, devaient se traduire par « Salut, mon nom est Bill et je meurs d'envie de me servir de ma hache », ou quelque chose du genre.

Loin de moi l'idée de vouloir me plaindre, mais je trouvais que mes deux compères, et particulièrement celui de droite, dégageaient une odeur plutôt nauséabonde. Je crus d'ailleurs remarquer que le petit sapin fixé au miroir avait légèrement roussi depuis leur arrivée. Ne me lâche pas, mon vieux, avais-je envie de lui dire. Mais je me doutais que le pire était encore à venir.

- Est-ce que tu as apporté une valise?, demandais-je à Steph

- Non, pas besoin. On s'en va dans le bois, pas dans un mariage.

Voilà qui ne faisait que confirmer mes inquiétudes. Ces deux coureurs des bois n'avaient pas de linge de rechange. Ni de savon. Ni de dentifrice. Ce serait sans doute un véritable festival du germe. Le mieux que je pouvais espérer, c'était de m'endormir ou de perdre connaissance en route pour éviter de sentir l'odeur d'hormones de ces deux hommes de Néandertal.

- Tiens, voici le plan pour se rendre au camp, me lança Steph en me tendant une feuille de papier froissée et jaunie.

Je jetai un coup d'œil sur le plan, notant que les indications n'étaient pas très précises, du genre « 20 minutes sur la grande route, puis à gauche au deuxième feu clignotant » ou encore « 30 minutes sur le rang 4, puis à droite sur le chemin de terre ». Bref, on allait sans doute avoir beaucoup de plaisir.

Heureusement, on avait un bon bout de chemin à faire sur l'autoroute avant de se rendre à ces chemins de campagne. Steph pris soin d'aller se chercher un café au début du périple et Bill en avait profité pour se replonger dans un profond sommeil et cherchait, depuis quelques minutes, à poser sa tête échevelée sur mon épaule fuyante. Un léger filet de bave lui pendait sur le bord de la bouche, comme si sa salive essayait de profiter de son sommeil pour se sauver.

Steph se débrouillait plutôt bien au volant et ne semblait pas trop embarrassé par le fait qu'on traînait une remorque. N'eut été qu'il ne se servait jamais de ses feux de signalisation, ne regardait que très périodiquement dans ses miroirs et attendait à la dernière minute pour réagir lorsqu'on lui demandait de prendre la prochaine à droite, il aurait été sans aucun doute en mesure de réussir son examen de conduite sans problème.

Chapitre 3

Cela faisait un peu plus de deux heures que nous roulions sans arrêt, le camion dévorant la route qui se trouvait devant nous. Nous avions quitté l'autoroute depuis environ 20 minutes lorsque Steph nous annonça que nous allions nous arrêter pour quelques minutes. Cela nous ferait du bien de nous arrêter quelques instants.

Notre arrêt se fit dans ce qui semblait être un petit magasin général situé le long de la route. Un magasin général qui n'avait sans doute pas été rénové depuis une bonne cinquantaine d'années. Ce qui était plutôt surprenant étant donné le fait qu'il n'était pas si loin de l'autoroute et, donc, qu'il devait avoir un certain contact avec le monde moderne.

Steph sortit du camion et je le suivis pour me dégourdir un peu les jambes. Bill dormait toujours et, n'eut été des bruits étranges qu'il émettait de temps à autre, j'aurais commencé à me demander s'il était encore vivant.

Une forte odeur de fumier m'emplit les narines. Voilà, nous étions officiellement à la campagne.

Il n'y avait maintenant plus de doute, la chaleur nous avait accompagnés jusqu'ici. Il n'était pas encore midi et le soleil de plomb était déjà difficile à supporter. J'avais d'ailleurs déjà bu la bouteille d'eau que j'avais apportée dans mon sac.

- Est-ce qu'il y a de l'eau potable là-bas?, demandais-je à Steph.
- Bien il y a la rivière. Je crois bien qu'elle est potable, me répondit-il, s'essuyant le front du revers de la main.
- On devrait peut-être quand même s'acheter une bouteille d'eau.
- Oui, c'est comme tu veux.

Je compris alors que j'allais devoir le faire moi-même. L'expression « logé nourri » n'incluait donc pas de liquide dans le vocabulaire de Steph.

Je mis la main sur deux bouteilles de deux litres d'eau à l'intérieur du magasin service et dû allonger huit beaux dollars pour les avoir. Un beau petit vol, monsieur le commerçant. Heureusement, j'avais pu mettre la main sur la clé des toilettes, ce qui valait tout de même son pesant d'or.

Je retournai au camion et plaçai les deux bouteilles d'eau à l'arrière de la banquette, jetant un coup d'œil à ce bon vieux Bill pour m'assurer qu'il respirait encore. Tout semblait aller pour le mieux dans le meilleur des mondes et il était probablement en train de marcher sur de jolis nuages roses dans son rêve, à en juger par l'expression sur son visage. J'en profitai pour rendre visite aux toilettes du magasin et allai redonner les clés au caissier, avec un léger mal de cœur provoqué par un profond dégoût. J'imagine que les inspecteurs en salubrité ne prenaient pas la peine de se rendre dans un tel endroit. Ou ils devaient simplement se dire que celui qui passe par ici et qui s'en va vivre dans le bois pendant quelques jours sans se laver est capable d'en prendre.

Steph s'étirait les bras et les jambes à proximité du camion. Je n'osais pas lui dire que nous n'avions pas encore la moitié du chemin de fait. Du moins, selon le plan.

Je repris donc ma place dans le camion, alors que Steph s'engouffra à son tour dans le magasin.

Steph vint nous rejoindre peu de temps après.

- Est-ce que tu as de l'argent?
- Comment ça?, lui demandais-je avec une bonne dose de surprise, même si je ne m'étonnais plus de ce genre de question.
- Ils ne prennent pas les cartes de crédit…
- Quoi?
- Leur machine pour les cartes de crédit et de débit est défectueuse. Le technicien vient la réparer la semaine prochaine.
- Qu'est-ce que tu voulais acheter?
- Nos provisions pour la fin de semaine.
- Ici?
- Oui, je ne sais pas s'il va y avoir d'autres magasins sur notre chemin.
- D'accord. Combien d'argent as-tu de ton côté?
- Trois dollars soixante-quinze, me répondit-il.
- Et combien d'argent as-tu besoin?
- Ça dépend, combien est-ce que tu as?
- J'avais vingt-cinq dollars, mais il m'en reste dix-sept à cause de l'eau.
- Ça devrait aller, me lança Steph en s'emparant de mon maigre magot.
- J'espère que je vais le revoir bientôt, lui dis-je.
- Oui, oui, inquiète-toi pas pour ça. On ira au guichet automatique en revenant.

Justement, il faudrait sûrement trouver des endroits qui acceptent autre chose que de l'argent comptant lors de notre voyage de retour, parce que je doute que Bill ait les poches pleines d'argent en ce moment. Même si je présume qu'il se ferait un plaisir de trouver une autre utilité à sa hache en cas de besoin.

- Tiens, ça c'est pour toi, me dit Steph en me lançant un sac de croustilles sur les genoux alors qu'il déposait deux sacs en plastique derrière son siège.

- Qu'est-ce que c'est que ça?

- C'est notre repas du midi, qu'est-ce que tu crois?

- Notre repas du midi?

- Oui. Au prix où ils vendent la nourriture ici, je n'avais pas beaucoup de choix de menu avec le peu d'argent que tu m'as prêté.

- Quoi? Est-ce que tu es en train de dire que c'est de ma faute?, lui lançais-je, offusqué par son commentaire.

- Non, non, me répondit-il. Je ne te blâme pas. On n'est pas plus coupables les uns que les autres.

Quel culot quand même. Je venais de financer toutes les provisions du voyage et je devais me sentir aussi responsable que les autres. Je n'osai pas regarder ce qui se trouvait dans les sacs en plastique derrière le siège de Steph, mais si je me fiais au repas équilibré que j'avais sur les genoux, je pouvais m'imaginer ce qui s'y trouvait. J'espérais donc que Bill n'allait pas faire sa fine bouche, parce que je ne souhaitais surtout pas provoquer chez lui un goût pour le cannibalisme.

Chapitre 4

Je crois que je n'avais pas vu autant d'arbres de toute ma vie. Des épinettes, des sapins, des érables et autres feuillus que je serais probablement en mesure d'identifier plus précisément avec un bon livre sur le règne végétal.

Le camion franchit un pont qui surplombait une rivière, négocia une courbe prononcée et se rangea subitement sur le côté de la route. Et je ne peux pas dire que ce fut un arrêt très délicat de la part de Steph, puisque Bill alla se cogner la tête sur le tableau de bord.

- C'est ici qu'on débarque, s'exclama Steph, excité comme un exilé qui rentre à la maison après 40 ans d'absence.

- Comment ça, c'est ici qu'on débarque? On est en plein milieu de la route…

- Je sais, mais on est rendu.

- Et comment est-ce que tu fais pour savoir ça?, lui demandais-je, tentant de retrouver sur le plan une indication sur notre position.

- Regarde la roche avec le X en peinture orange dessus. C'est le signe qu'on est arrivé.

Steph regarda furtivement dans son rétroviseur et décida de faire une manœuvre lui permettant de stationner le camion de l'autre côté de la route.

- C'est plus prudent de ce côté-ci de la route, lança Steph, sinon les camions risquent de ne pas nous voir à cause de la courbe.

Steph semblait apprécier partager son excès de sagesse avec nous.

- Je ne savais pas que les camions pouvaient voir, lui répondis-je. J'ai toujours cru que c'étaient les chauffeurs des camions qui étaient responsables des accidents, ajoutais-je.

Steph me fit une grimace et se dépêcha à sortir du camion.

De son côté, Bill avait ramassé sa hache et s'était précipité dans les bois. L'appel de la nature, probablement.

Steph ramassa un réservoir d'essence qui se trouvait à l'arrière du camion, « au cas où il y aurait une scie mécanique dans le camp de son oncle », me dit-il. Il me laissa ainsi le soin d'amener mes deux bouteilles d'eau et mon sac à dos.

- Et à quelle distance sommes-nous du camp, exactement?

- Seulement quelques pas. Le camp n'est pas très loin de la route.

Effectivement, il n'était pas très loin de la route. Du moins, pour quelqu'un qui était en mesure de suivre une ligne droite. Pour notre premier voyage, nous avions dû faire quelques petits détours dans la forêt avant de rejoindre ce petit domaine.

- Voilà, on est rendu!

Steph était fier comme si on venait de découvrir l'Amérique.

- Wow, c'est super ici!, lança Bill en venant nous rejoindre.

C'était d'ailleurs sa première phrase de tout le voyage.

À part le vieux sapin desséché qui se trouvait à mes côtés, j'étais probablement la créature vivante la moins enthousiaste à des kilomètres à la ronde. Les oiseaux chantaient de bon cœur. Steph et Bill dansaient autour du camp. De mon côté, j'essayais tant bien que mal de ne pas laisser tomber les deux bouteilles d'eau qui pendaient au bout de chacun de mes bras.

Il est certain que je ne m'attendais pas à un hôtel cinq étoiles dans les environs. Mais disons que l'aspect « rustique » du camp, si je peux le qualifier ainsi, me prit un peu par surprise.

Tout d'abord, la superficie du camp ne semblait pas, de mon point de vue, pouvoir abriter beaucoup plus que deux personnes. Et seulement s'il s'agit de deux personnes bien intimes. Mais, outre la petite taille du camp, qui aurait théoriquement dû en limiter les défauts, l'aspect extérieur laissait croire qu'il s'était passé quelque chose ici que je ne semblais pas pouvoir identifier. De la peinture décollée, qui faisait paraître les couleurs antérieures, les planches noircies par ce qui semblait être de la pourriture, une cheminée trouée et perpendiculaire au toit en pente. Tout ce joli mélange vous frappait au premier coup d'œil.

À bien y penser, je savais ce qui s'était passé par ici. Le temps. Ses ravages étaient bien apparents, comme s'il s'était acharné sur cette pauvre cabane, ne lui laissant aucune chance.

Steph s'approcha de la porte, sur laquelle était posée un cadenas, et se mit à fouiller dans ses poches à la recherche de la clé.

- Oups, j'ai oublié les clés dans le camion.

- Ce n'est pas grave, on peut l'ouvrir quand même, nous dit Bill s'approchant de la porte en tenant sa hache de ses deux mains, arborant un sourire qui me glaça le dos.

- Non, attends. Comment est-ce qu'on va faire pour verrouiller avant de partir?

Il y eut une soudaine déception dans le visage de Bill, et Steph partit d'un pas rapide vers le camion. J'étais donc en charge de contrôler la volonté destructrice de notre ami le bûcheron jusqu'à l'arrivée de la clé.

- Ça fait longtemps que tu restes près de chez Steph, lui demandais-je, tentant de briser la glace au milieu de cette journée à la chaleur étouffante.

- Ouais, à peu près trois mois.

Voilà qui en disait long sur la vision à long terme de notre gaillard. Trois mois, c'est un sacré bout de temps.

- Moi, ça fait huit ans environ que je le connais. On est allé au secondaire ensemble.

Ne décelant aucune réaction de sa part, je décidai de l'imiter et de projeter mon regard vers le fond des bois, attendant de voir réapparaître Steph.

Heureusement, Steph n'était pas du genre à se traîner les pieds quand il était question de protéger les biens de son héritage et il revint en courant jusqu'à la porte du camp.

Malchance pour lui, malgré des tentatives multiples avec toutes les clés de son trousseau, c'est à dire cinq, le cadenas ne voulait guère céder. D'ailleurs, ce fameux cadenas semblait presque neuf, ce qui contrastait terriblement avec la vétusté du camp dans son ensemble.

- Je ne comprends pas, je les ai toutes essayées, lança Steph, comme si toute la science du monde venait de s'écrouler.

Il réessaya encore quelques fois et, devant un tel échec, se résigna à laisser notre ami Bill y aller avec la méthode forte.

Trois coups de hache furent suffisants pour rompre l'attache du cadenas, mais cela incluait un coup un peu trop éloigné qui avait provoqué quelques éclats dans le cadre de porte. Un peu plus, et nous n'avions même plus besoin d'ouvrir la porte pour entrer.

L'intérieur du camp n'avait, en fin de compte, pas tellement à envier à l'extérieur. Il y avait un fidèle poêle à bois, un lit qui me semblait très petit et une table constituée d'une planche de bois. Évidemment, les bancs étaient en fait de grosses bûches, qui avaient probablement été trop imposantes pour le poêle à bois et avaient alors été recyclées en mobilier.

Les rayons de soleil qui réussissaient à se faufiler entre les planches et dans les trous de cette jolie construction nous faisaient admirer les nuages de poussière en suspension. D'ailleurs, malgré les nombreuses et involontaires ouvertures, l'intérieur du camp était somme toute assez sombre. En fait, il ne fallait pas compter sur l'unique fenêtre, sur laquelle s'était déposée une bonne couche de suie, pour laisser entrer la lumière.

- Est-ce que ton oncle avait exigé, dans son testament, que tu passes une nuit ici avant d'hériter de son camp?, demandais-je à Steph.

- Qu'est-ce que tu veux dire?

- Tu sais, comme dans les films d'horreur....

Steph me fit à nouveau la grimace et s'abstint de répondre. Il décida de regarder à l'intérieur du poêle à bois, son esprit d'exploration étant sollicité de toute part. Bill, de son côté, s'était assis sur une des grosses bûches et contemplait d'un air intéressé la structure de la construction.

- On devrait peut-être aller voir où sont les cordes de bois, suggérais-je, tentant de rappeler aux troupes l'objectif premier de notre voyage et, par le fait même, de libérer mes poumons de la poussière qui voguait dans notre abri de fortune.

- Tu as raison, s'exclama Steph, je vais vous montrer le terrain autour. Vous allez voir, c'est vraiment beau.

Après avoir visité le camp, je me sentais très réceptif à la beauté de la nature. Même le sapin desséché me faisait un certain effet.

Le paysage entourant le camp était un peu surprenant. Il n'y avait pas d'arbres à proximité, mais les nombreuses souches encore présentes nous laissaient admirer le travail d'un bûcheron enthousiaste.

La forêt redevenait sauvage à quelques mètres du camp. Composée d'un mélange de feuillus et de résineux, l'harmonie semblait régner dans ce petit paradis des capteurs de carbone.

- C'est quoi, au juste, les limites de ton terrain?, demandais-je à Steph, une main au-dessus des yeux pour bloquer le soleil aveuglant.

- Je pense que c'est de la route d'où on vient, me répondit Steph en pointant la direction de ladite route, jusqu'à la rivière, pointant la direction opposée de la route. Ensuite, il devrait y avoir une borne pour ce côté, et je crois que la rivière tourne par là-bas et que c'est la limite du terrain par là.

- Et où sont les fameuses cordes de bois?

- Il y en a une en arrière du camp, mais je me souviens que mon oncle les gardait plus par là-bas, pas très loin.

À bien y penser, au fond de moi-même, j'espérais qu'il n'y avait pas assez de cordes de bois déjà prêtes et qu'on allait pouvoir occuper notre ami Bill pendant un bon moment. Non pas qu'il était très dérangeant, mais j'avais l'impression qu'on portait un boulet attaché à nos chevilles.

Je suivis donc Steph, qui se dirigeait vers le lieu présumé des cordes de bois qui n'attendaient, apparemment, qu'à quitter leur jolie forêt pour aller se promener en ville. Eh bien, comme de fait, il y avait bien là une bonne dizaine de cordes de bois, dont au moins la moitié était recouverte d'une toile bleue attachée avec de la corde, sans doute pour les protéger des intempéries.

- Bon, il ne reste plus qu'à charger le camion, lançais-je à Steph, sachant très bien que ce ne serait pas une tâche facile, le camion se trouvant à une bonne distance de marche d'où nous étions.

- C'est ça, rien de plus simple, me répondit-il, avec un peu moins d'enthousiasme qu'à son entrée dans le camp. Il faudrait essayer de prendre le bois de feuillus en premier. C'est le meilleur bois à brûler.

Un bruit sourd nous fit soudain faire le saut à tous les deux.

- Qu'est-ce que c'est que ça?, me demanda Steph.

Je n'eus pas besoin de lui répondre puisque nous aperçûmes tous les deux ce bon vieux Bill en train de se défouler sur un sapin majestueux pas très loin de nous.

- Qu'est-ce qu'il fait là?, s'écria Steph, comme s'il venait de voir un habitant du désert s'acheter une poche de sable d'un vendeur itinérant. On a assez de bois ici pour remplir trois fois le camion.

- Laisse-le faire, lançais-je à Steph. Le gars a besoin de se défouler un peu.

Steph comprit qu'il en était mieux ainsi. Il me chargea les bras de quelques bûches et prit ensuite la plus grosse de toutes, question de rentabiliser son voyage jusqu'au camion.

- En tout cas, il va venir nous aider quand il va avoir fini de bûcher son arbre de Noël, laissa filer Steph entre ses dents, forçant après une bûche qui, si elle était restée au camp, aurait sûrement pu remplacer la table.

Chapitre 5

Il nous fallut une bonne dizaine de voyages entre les cordes de bois et le camion pour nous rendre compte non seulement que la distance semblait s'allonger à chaque fois, mais que le chargement allait beaucoup moins vite que prévu. Nous avions également compris qu'il valait mieux faire deux voyages moyennement chargés plutôt qu'un voyage trop lourd. En fait, ce fut une combinaison de bûches échappées sur les orteils et de douleurs aux bras et au dos qui nous amena une telle sagesse. Par contre, nous nous étions bien promis que Bill allait devoir faire l'apprentissage par lui-même, dès qu'il allait se joindre à nous. Rien ne vaut l'apprentissage par la pratique.

D'ailleurs, notre bûcheron avait maintenant terminé sa besogne sur sa victime, qu'il avait soigneusement débranchée avec sa fidèle hache. Par contre, pour le débitage, il n'y avait pas l'ombre d'une scie mécanique dans les parages et nous réussîmes à le convaincre que ses énergies seraient beaucoup plus utiles à transporter du bois qu'à s'épuiser à fendre un arbre.

- Quelle heure est-il?, me demanda Steph, s'essuyant le front avec sa chemise qu'il portait maintenant à la ceinture.

- Je ne sais pas, lui répondis-je, j'ai laissé ma montre dans le camion pour ne pas la briser. Il était 15h30 la dernière fois que je l'ai regardée. Il doit être environ 16h00, peut-être 16h30…

- On devrait arrêter bientôt pour souper et se refaire des forces.

- Bonne idée.

Non, je n'allais pas m'opposer à l'idée de faire une pause. Mes muscles avaient donné pas mal tout ce qu'ils pouvaient faire dans une journée et j'anticipais un lendemain plutôt difficile et courbaturé. Heureusement, notre Bill semblait encore avoir suffisamment d'énergie pour continuer un bon bout de temps. Il faut tout de même dire qu'il était un peu coûteux sur l'eau, puisqu'il avait pratiquement bu à lui seul un des deux contenants de deux litres au cours de l'après-midi. Steph et moi avions dû nous séparer l'autre contenant. Sans grande surprise, personne ne s'était encore risqué à boire l'eau de la rivière.

Le menu pour la soirée était plutôt simple : une douzaine de saucisses à hot-dog servis dans leur pain respectif, avec un peu de fromage cheddar et trois jolies canettes de boisson gazeuse, qui étaient miraculeusement apparues derrière la banquette du camion. Il ne s'agissait bien sûr pas de grande gastronomie, mais c'était tout de même plus nourrissant que notre dîner, ne serait-ce que par la présence du fromage…Bref, je n'allais pas me plaindre cette fois-ci!

- Peut-être qu'on pourrait en profiter pour faire bouillir un peu d'eau de la rivière, proposais-je à Steph. Nos réserves sont pas mal basses…

- C'est bon. Je te laisse aller chercher l'eau. Pendant ce temps, je vais allumer le feu.

Je pris donc avec moi la chaudière en plastique qui se trouvait dans le camp et partis à la rencontre de la rivière, qui n'était apparemment pas très loin de là. Passant à travers les arbres, les branches des épinettes et autres conifères s'acharnaient sur mes bras, comme des milliers de petites griffes. La végétation dense rendait le trajet difficile, sans parler des roches imposantes et des arbres morts qui se trouvaient sur le sol. Non, je ne crois pas que mes ancêtres, que je présume habiles coureurs des bois, auraient été fiers de me voir me déplacer aussi maladroitement. J'étais donc bien heureux d'entendre le bruit de la rivière et de finalement me retrouver à ses côtés.

« Le plein s'il-vous-plaît », dis-je en me penchant pour ramasser de l'eau, sachant bien que personne ne se trouvait à moins de quelques centaines de mètres de distance.

Étant donné la faible profondeur du cours d'eau, probablement asséché par la canicule des derniers jours, il me fallut un certain temps avant de pouvoir remplir la chaudière. Je dus d'ailleurs marcher quelques mètres avant de trouver un endroit assez profond pour pouvoir y enfoncer la chaudière de façon convenable.

Mon périple le long du cours d'eau me permit d'ailleurs d'identifier ce qui semblait être un sentier plutôt bien dégagé.

- Il n'aurait pas pu le dire avant, maugréai-je en me rendant compte que le sentier en question semblait se diriger en ligne droite vers le camp.

Je mis moins d'une minute pour me rendre jusqu'au bout du sentier, qui s'arrêtait de façon abrupte. Heureusement, malgré la dense végétation qui se trouvait à nouveau devant moi, je pouvais voir le camp à travers les branches. Quelques enjambées plus tard, dont une qui faillit bien me faire renverser la chaudière d'eau, je me retrouvais à quelques mètres à l'arrière du camp. Je pouvais d'ailleurs apercevoir une douce colonne de fumée qui montait paisiblement au ciel, signe que Steph avait réussi à partir son feu.

Marchant en direction du feu, je jetai un coup d'œil vers l'arrière et m'aperçus que le sentier n'était en fait pas visible du camp, ce qui me paraissait un peu étrange. Selon moi, il aurait été plus logique de commencer l'aménagement du sentier à partir du camp, au risque de ne pas l'achever jusqu'à la rivière. À moins que le but premier de celui qui l'avait conçu ait été de retrouver le camp à partir de la rivière et que, faute de temps ou de motivation, le sentier n'avait pas été achevé. Oui, c'était probablement comme ça que le tout s'était déroulé.

J'étais encore plongé dans mes réflexions profondes lorsque mon pied gauche frappa un obstacle assez solide pour provoquer chez moi un sérieux déséquilibre. Mes mains, surprises par le soudain trajet de mon corps vers l'avant, lâchèrent, de façon préventive, la chaudière d'eau qu'elles trimbalaient avec tant d'adresse. C'est d'ailleurs cette réaction préventive qui limita les dégâts sur ma personne, puisque mes mains et mes avant-bras eurent la tâche ingrate d'amortir ma chute vers l'avant.

Réagissant aux quelques mots religieux que je venais de laisser échapper, Steph se dirigea en courant vers moi.

- P-A, es-tu correct?

Me voyant allongé de tout mon long, la chaudière vide gisant non loin de là, il eut du mal à ne pas rire en terminant sa phrase.

- Oui, ça va, ça va, répondis-je. Je n'ai rien de cassé.

En effet, à part une égratignure sur mon avant-bras droit et une blessure profonde à mon orgueil, je m'en sortais sans trop de mal.

- Qu'est-ce qui s'est passé?, me demanda Steph, incapable de retenir son rire cette fois ci.

Il me semblait que la réponse était assez évidente. Qu'est-ce qui peut bien s'être passé pour que quelqu'un trébuche et se retrouve le visage sur le sol?

- Je me suis enfargé sur cet … de…

En fait, en y regardant de plus près, je n'avais pas été victime d'une roche malveillante ni d'une racine ayant décidé de prendre l'air. Ce qui avait provoqué ma chute était une petite croix de bois. Du moins, à en juger par les morceaux qui se trouvaient sur la scène du crime.

- Qu'est-ce que c'est que ça?, me demanda Steph en s'approchant des bouts de bois.

- Je pense que c'est…ou plutôt c'était…une croix.

Steph ramassa les quelques morceaux, pas très loin l'un de l'autre, et essaya de déterminer comment ils pouvaient bien aller ensemble. Il faut souligner que Steph n'était pas quelqu'un pourvu de grandes habiletés mécaniques ou, comme j'aimais souvent lui rappeler, d'une conception visuo-spatiale très développée. Bref, on avait le temps de finir le souper avant qu'il ne résolve l'énigme du crucifix.

Pendant qu'il travaillait sur son casse-tête, j'avais eu le temps de conclure que mes genoux n'étaient miraculeusement pas trop abîmés et, devant le peu de sang à la surface de mon bras, j'en avais déduit que les blessures n'étaient pas trop graves.

C'est alors que je remarquai qu'un bout de cuir dépassait de sous un de mes souliers. Je bougeai mon pied droit et me penchai pour ramasser ce qui s'avéra être un collier de chien.

- Regarde ce que je viens de trouver, lançais-je à Steph, fier d'avoir moi aussi une preuve à analyser.

- Qu'est-ce que c'est?, me demanda Steph, sans trop d'enthousiasme, toujours absorbé par les bouts de bois.

- Je crois que c'est un collier de chien.

Visiblement jaloux, Steph se dirigea vers moi et m'arracha le présumé collier de chien d'entre les mains.

- Bien oui, on dirait bien un collier de chien, lança Steph devenu Sherlock.

- On dirait qu'il y a quelque chose d'écrit à l'intérieur, dis-je en tentant de reprendre le morceau de cuir.

Par contre, Steph avait semble-t-il décidé de conserver l'exclusivité de tout ce que j'avais trouvé et protégeait très bien son emprise sur chaque pièce à conviction.

- On dirait bien un numéro de téléphone, lança-t-il après quelques secondes passées à regarder l'envers du collier, un œil fermé pour atteindre plus de précision.

On aurait vraiment dit que Steph était retombé en enfance et qu'il était tout excité à l'idée de découvrir le monde. Bref, il faisait preuve d'une très belle capacité d'émerveillement.

- Est-ce que ton oncle avait enterré son chien ici?, demandais-je à Steph, menant ma propre enquête.

- Non. Mon oncle était allergique aux animaux. Il ne pouvait pas tolérer la présence d'un chien ou d'un chat. Il devait prendre des médicaments même pour aller à la chasse.

- Pourquoi alors y avait-il enterré ce chien?, demanda Bill, qui venait de se joindre à nous.

- Je ne sais pas, finit par répondre Steph, toujours absorbé par les bouts de bois et le collier de cuir qu'il tenait dans ses mains.

- Est-ce qu'il y a une date sur le bout de bois?

- Je crois que oui. J'essaie simplement de reconstituer ce qu'était la croix de cette pauvre bête avant que P-A ne saccage tout sur son passage.

- Un instant! Premièrement, je n'ai rien saccagé du tout, c'était un accident. Deuxièmement, qui serait assez cinglé pour aller enterrer un chien dans le prolongement naturel d'un sentier. C'est comme mettre une pierre tombale au beau milieu d'une autoroute…

Il fallait tout de même prendre le temps de rétablir les faits pendant que nous attendions tous de voir si Steph allait remettre les morceaux en place. Ce qui fut finalement fait.

- Eurêka!, s'exclama Steph, comme s'il venait de comprendre la théorie de la relativité.

Bill et moi-même ayant perdu passablement d'intérêt dans l'attente d'un résultat qui n'arrivait pas, nous prîmes un certain temps avant de réagir.

- Et qu'est-ce que ça donne?, finis-je par demander à Steph.

- Il y a quelque chose de graver dans le bois, au couteau je crois. C'est écrit «23-05 ». Ce doit être le 23 mai, mais il ne semble pas y avoir d'année.

- Le 23 mai. Ça fait tout au plus quelques semaines, si c'était cette année, déduisit notre cher Bill.

- C'est quand même bizarre que ton oncle, qui était allergique aux chiens, en ait enterré un, qui d'ailleurs n'était pas le sien, à quelques dizaines de mètres de son camp, récapitulais-je.

- Surtout que mon oncle n'était pas revenu ici depuis l'année dernière, finit par avouer Steph.

- C'est vraiment bizarre, se contenta de conclure Bill.

Voyant Steph et Bill absorbés par le mystère du chien enterré, je décidai d'aller jeter un coup d'œil sur le feu, laissé sans surveillance depuis le fameux incident. Tout étant sous contrôle, je ramassai la chaudière vide et m'engouffrai à nouveau dans la dense végétation, sachant cette fois où se trouvait le sentier secret.

Quelques minutes plus tard, j'étais de retour avec une chaudière d'eau bien remplie, que j'avais l'intention de mener à bon port.

En sortant du sentier, prenant bien soin d'écarter les dernières branches qui me séparaient de la clairière où se trouvait le camp, j'aperçus Bill et Steph en train de frapper le sol à l'aide d'une hache pour l'un et d'un long bout de bois pour l'autre.

- Qu'est-ce que vous faites là?, criais-je en m'approchant d'eux.

- On va voir ce qui se trouvait sous la croix, me lança Steph, gardant le regard sur le trou qu'ils étaient en train de creuser et continuant de marteler la terre avec son bout de bois.

Bill, de toute évidence, semblait hors de lui et frappait la terre avec beaucoup d'énergie, comme si la vie de quelqu'un en dépendait.

- Attendez…Arrêtez… m'efforçais-je de leur faire comprendre, m'approchant d'eux en tentant d'éviter de recevoir un coup de l'un ou l'autre.

Steph ne fut pas difficile à convaincre, la fatigue aidant, mais il y eut une certaine quantité de coups supplémentaires avant que Bill ne se décide à reprendre son souffle.

- Qu'est-ce qu'il y a?, me demanda Steph, comme si je venais d'interrompre une opération à cœur ouvert de la plus grande importance.

- Est-ce que vous vous rendez compte que vous êtes probablement en train de déterrer un chien mort?, demandais-je aux deux joyeux creuseurs.

- Eh…oui, finit par me répondre Steph. Qu'est-ce qu'il y a de mal à ça?, me demanda-t-il.

- Eh bien, je pense que vous manquez un peu de respect. Surtout en creusant avec des outils de boucher…

- On fait attention, me répondit Bill, comme si la délicatesse était maintenant une notion qui lui tenait à cœur.

- Je ne pense pas que vous allez trouver un cercueil en acier trempé qui protège le corps du chien, mes amis. D'ailleurs, je ne serais pas surpris que vous ayez déjà commencé à démembrer cette pauvre bête.

Les deux profanateurs de tombes semblèrent un peu ralentis par mes remarques. Je compris alors qu'ils n'avaient pas pensé que le corps du chien avait sans doute été enfoui directement dans le sol, sans cercueil.

- Allez. Enterez-moi de nouveau ce pauvre chien et allons manger, leur lançais-je, comme le gardien d'une garderie qui essaie de convaincre de jeunes enfants de laisser de côté l'oiseau mort découvert sur le gazon.

Je me dirigeai vers le feu, fier d'avoir pu ramener une quantité raisonnable d'eau. Je pris bien soin de rincer la bouilloire, qui se trouvait jadis sur le poêle à bois du camp, avec l'aide d'un peu du précieux liquide. Ce fut, à en juger par la couleur de l'eau qui en ressortit, une très bonne idée en soi. Il me fallut d'ailleurs plus d'un rinçage pour me convaincre que la bouilloire était en mesure de recueillir l'eau qu'il me restait.

Les saucisses bien installées sur des branches de bois plantées tout autour du feu, la bouilloire suspendue à un crochet de fortune, notre installation était plutôt impressionnante pour trois gars de la ville.

J'avais l'estomac dans les talons et, à en juger par le regard que portaient mes deux compagnons de camp sur les saucisses qui grillaient tranquillement, je sentais qu'il y avait peu de chance pour que notre souper puisse cuire à point. D'ailleurs, Bill avait déjà mangé les quatre pains qui lui avaient été alloués et m'avait indirectement forcé à avaler deux des miens, inquiet que je fus de ne pas être en mesure de défendre un si gros butin plus longtemps…

Chapitre 6

Contrairement à la croyance populaire des gens de l'endroit, c'est-à-dire des deux spécimens qui célébraient présentement leur exploit d'avoir pu éteindre le feu à l'aide du contenu de leur vessie, je ne voyais pas d'un si mauvais œil le fait d'avoir perdu le tirage au sort qui me condamnait à passer la nuit à l'extérieur du camp, jugé trop restreint pour nous accommoder tous. D'autant que la nuit était vraiment magnifique, avec une pleine lune splendide et des milliers d'étoiles qui scintillaient dans le ciel. Et un petit vent frais, véritable bénédiction par cette température infernale, qui s'était levé et qui semblait bien vouloir se balader toute la nuit.

Bien sûr, j'aurais sans doute été plus combatif en temps d'orage. Ou si le camp avait permis de passer une bonne nuit sur un lit bien douillet. Mais le seul avantage du camp, un toit pas trop solide, ne me manquerait pas trop au cours des prochaines heures. Surtout que passer une nuit dans ce camp aurait signifié supporter un des deux bûcherons, dont la fatigue de la journée allait sûrement propulser les ronflements jusqu'à des niveaux sonores inégalés. Et c'était bien sûr sans parler d'odeurs.

- Bonne nuit, P-A, me lança Steph, le sourire en coin, fier de pouvoir passer une nuit dans son château.

- Bonne nuit Steph, lui répondis-je, faignant être déçu de ne pas pouvoir me joindre à eux.

- Tu feras attention aux ours, grommela Bill en imitant maladroitement la démarche d'un tel animal, les deux bras en l'air et sautillant lentement d'une jambe à l'autre.

- Quoi? Quels ours?, me surpris-je à m'écrier avec un mélange de surprise, de peur, et de colère dans la voix.

Cette réponse précipitée de ma part pris mes deux compagnons par surprise, qui se regardèrent quelques secondes, se demandant sans doute comment ils devaient réagir. Ils décidèrent finalement de choisir l'option la plus accessible considérant leur état d'esprit et leur maturité : la moquerie. C'est ainsi que débuta une pénible série de commentaires déplacés, incluant « le petit garçon a peur des nounours » et « veux-tu qu'on te chante une petite berceuse pour t'aider à t'endormir? ».

Alors que j'encaissais les moqueries sans broncher, m'affairant à chercher mon linge de rechange dans mon sac à dos, je ne pus m'empêcher de visualiser l'arrivée d'un ours affamé sur les lieux. On pouvait bien en rire pour l'instant, mais me faire réveiller par une bête sauvage ayant décidé de faire de moi son buffet personnel n'était pas une expérience que je recherchais. Et je ne crois pas qu'on peut qualifier de peureux quelqu'un qui pense de cette façon. Qui pourrait d'ailleurs rêver de d'une mort semblable. Heureusement, ma vivacité d'esprit me permit de trouver un plan B.

- Bon, continuez sans moi, je vais me coucher, lançais-je à mes deux comparses, qui poursuivraient à déblatérer leur liste de pensées stupides sur la peur des ours.

- Attends... Où est-ce que tu t'en vas comme ça?, finit par me demander Steph.

- Je vais dormir dans le camion, répondis-je, le sac à dos sur l'épaule, marchant fièrement en direction de la route.

- Le camion..., marmonna Bill.

Eh oui!, le camion. Il n'y avait rien de plus confortable, à des kilomètres, voire des dizaines de kilomètres à la ronde, que la banquette avant du camion. Un peu courte et usée par le temps, j'en conviens, mais suffisamment moelleuse pour me permettre de passer une bonne nuit de sommeil. Et une carcasse d'acier à l'épreuve des animaux carnivores les plus affamés.

Je n'arrivais d'ailleurs pas à comprendre comment aucun de nous trois n'avait pu penser à y passer la nuit plutôt que de rêver à dormir dans le camp. J'imagine que les conditions extrêmes de notre séjour ici y étaient pour quelque chose. En fait, dans des conditions normales, qui voudrait passer la nuit dans un tas de ferraille avec un genou de pris en arrière du volant?

Je laissai Bill et Steph, qui me regardaient partir comme si je les abandonnais sur une île déserte sans vivre et sans outil, et allai m'installer dans le camion. D'un point de vue pratique, la banquette était encore plus courte que je ne le croyais, mais j'étais tout de même en mesure d'atteindre une certaine position horizontale, ce qui était un pré-requis important de ma part pour tomber dans les bras de Morphée. Ayant pris soin d'ouvrir les fenêtres légèrement, question de laisser passer le vent et d'aérer la cabine incrustée d'odeurs pas très appréciées, je pouvais entendre le bruit des branches qui se frappaient les unes sur les autres. Les yeux fermés, je pouvais presque m'imaginer qu'il s'agissait du bruit des vagues sur le bord de la mer. Heureusement, il n'y avait pas trop de moustiques ou autres insectes piqueurs dans les environs, même après le coucher du soleil, ce qui devait être assez inhabituel.

Il ne me restait plus qu'à dormir quelques heures, avant que les oiseaux matinaux ne me réveillent de leurs cris enthousiastes à la levée du soleil. La bonne nouvelle, c'est qu'avec une nuit aussi courte, je n'aurais sûrement pas le temps de m'infliger un mal de dos sur cette bonne vieille banquette.

Chapitre 7

- Tu te penses vraiment drôle, ma lança un Bill encore plus dé-
coiffé que la veille.

- Bien voyons, il fallait vous réveiller de toute façon, tentais-je
de lui expliquer, sans nécessairement chercher à avoir l'air convaincant.

Les deux courageux coureurs des bois, qui s'étaient ouvertement
moqués de ma prudence envers la faune déchaînée, n'avaient pas apprécié le réveil brutal que je leur avais réservé. Mais le seul fait de les
avoir vu sursauter dans leur lit, les yeux ouverts comme jamais auparavant, lorsque j'étais entré en criant « Au feu! Le camp est en feu! »
quelques minutes plus tôt en valait la chandelle.

- Et puis, ça vous apprendra à rire des gens qui sont prudents en
forêt.

- Au moins, nous autres, on était honnête dans notre démarche,
finit par me dire Steph, l'air amer.

- Mais vous auriez dû vous voir la face...J'aurais dû vous prendre en photo!

Steph finit par sourire, incapable qu'il était de rester fâché plus de
cinq minutes. Bill, de son côté, était un peu plus coriace et me laissait
présager de la bouderie à long terme. Mais, bon, si on ne pouvait plus
s'amuser entre amis maintenant…

Pour me faire pardonner, si en fait j'avais réellement quelque
chose à me faire pardonner, je pris l'initiative de faire chauffer de
l'eau et de faire rôtir une grande quantité de tranches de pain. La cuis-
son n'était pas parfaite, mais c'était avec les moyens du bord et j'en
étais quand même plutôt fier.

Avant de réveiller mes deux comparses, j'avais pris soin d'aller
me sortir moi-même d'un sommeil profond quoique trop court en me
rinçant le visage dans la rivière. Il faisait certes encore chaud et humide, mais l'eau de la rivière était étrangement froide, comme si elle
venait directement des glaciers.

- Bon, quel est le plan de la journée?, demandais-je à Steph.

Il faut dire qu'il était déjà 7 heures du matin et qu'il nous restait
pas mal de travail à faire, en plus des nombreuses heures de route.

- On finit de remplir le camion et on s'en va, me répondit-il.

- D'accord, patron, mais à quelle heure est-ce que tu penses
qu'on va partir d'ici?

- Je ne sais pas trop. On en a pour deux heures environ, pas plus, reprit-il en se grattant les poils du menton qui avaient profité de la nuit pour sortir un peu et admirer le paysage rustique.

- Deux heures…Je pense plutôt qu'on en a pour pas mal plus long que ça, répliquais-je. On a terminé de charger le bois qui était le plus près du camion et on va maintenant devoir marcher encore plus loin pour aller en chercher d'autre.

- Oui, mais maintenant, on a la technique, laissa-t-il tomber.

Comme si la technique compensait pour les courbatures qui étaient apparues comme par magie durant la nuit. Ou plutôt comme une malédiction.

Car courbatures, il y avait. Mes jambes et mes bras étaient plutôt mal en point, comparativement à leur état normal. Par contre, mon dos était probablement la partie de mon corps qui semblait avoir souffert le plus de tout cet exercice. Mince consolation, à en juger par la démarche de Steph et de Bill, je n'étais pas le seul à souffrir.

- On devrait peut-être se fixer une heure maximale pour le chargement, pour éviter d'entrer trop tard en ville, finis-je par proposer.

- Oui, c'est une idée, répondit Steph d'un air peu convaincu.

En fait, je savais pertinemment que c'est ce que Steph allait proposer, du moins s'il avait été assez réveillé pour y penser. Mais, l'idée ne venant pas de lui, il n'allait tout de même pas me remercier ni me louanger.

- Disons dix heures, proposais-je, devant le silence pesant des deux autres participants à cette incroyable expédition.

- Dix heures! Non, c'est beaucoup trop tôt, me lança Steph.

- Comment ça, beaucoup trop tôt? C'est dans trois heures! Toi-même, tu disais il y a quelques minutes qu'on en avait pour un maximum de deux heures de travail.

- Peut-être… Mais il faut quand même se garder du temps pour tout ramasser, remettre en ordre. Et j'aimerais bien aller faire un tour de mon terrain… C'était en grande partie le but de notre visite ici, non?

Je savais très bien comment cette conversation allait se terminer. Et il n'était pas question que mon ami Bill et moi cordions tout le bois dans le camion pendant que monsieur Stéphane allait faire son tour du propriétaire.

- Je vois très bien où tu veux en venir, lançais-je à Steph, tentant de mettre à jour son petit jeu.

- Qu'est-ce que tu veux dire?, me répondit-il, avec son air des plus innocents.

- Tu penses qu'on va te laisser aller courir les bois pendant que nous allons nous éreinter à terminer le chargement…

- Quoi? Bien voyons donc! Voir si je ferais une chose pareille…

Bien sûr, son imitation de gars offusqué ne tenait pas la route. Quel mauvais comédien que ce Steph!

- C'est juste qu'on ne sera peut-être pas en mesure de charger autant de bois qu'on était supposé…

Voilà, l'argument était maintenant d'ordre économique.

- Ce n'est pas grave, lui répondis-je. J'ai en fait un droit de priorité sur tout le monde sur le profit de cette entreprise.

- Quel profit?, lança Bill, semblant maintenant réveillé.

- Non, rien, lui répondit Steph. C'est juste que je dois de l'argent à P-A et que je lui ai promis de lui en redonner une partie lors de la revente du bois de chauffage.

- Comment? Tu vas revendre le bois de chauffage? Moi aussi je veux avoir ma part!, lança Bill, maintenant dans une forme splendide.

C'est fou ce qu'un peu d'argent peu animer une conversation. Surtout lorsque cet argent n'est pas encore gagné…

- Non, non, attends, se défendit Steph, visiblement embarrassé. C'est mon bois et c'est moi qui assume tous les risques et les dépenses ici. On est tous ici pour une seule et unique raison : passer une belle fin de semaine au grand air en visitant mon terrain et rien d'autre. D'ailleurs, une fois l'essence payée, il ne reste pas grand-chose de la vente du bois. Surtout si on n'en ramène pas autant qu'on était supposé.

Voyant bien que Steph était mal à l'aise, et que mon remboursement était à risque, je décidai de défendre le point de vue de Steph.

- C'est vrai qu'il n'y a pas beaucoup d'argent à faire avec le transport du bois. On est encore chanceux que ça paie notre essence, sinon il aurait fallu payer pour venir ici.

- C'est ça, tout à fait, s'empressa d'ajouter Steph, visiblement heureux que je lui donne un coup de main.

Bill finit par réaliser qu'il ne s'était pas fait avoir dans cette aventure et sembla réfléchir un moment.

- Donc, quand est-ce que tu veux faire ta visite?, demanda-t-il à Steph. Ce qui fut pour nous un signe qu'il acceptait de ne pas réclamer sa part du maigre magot.

- Je pense qu'on va charger le camion le plus possible pendant deux heures, puis on ira prendre une marche quelques minutes et on reviendra ramasser nos affaires.

- Et on ne part pas plus tard que dix heures, ajoutais-je, cachant mal ma satisfaction d'avoir finalement remporté ce que je voulais.

- C'est certain, pas plus tard que dix heures.

Heureusement pour nous, Bill était suffisamment motivé pour y aller à plein régime dans le chargement du camion. Il était, sans l'ombre d'un doute, le plus productif de nous trois dans cette opération et je fus étonné de constater qu'en seulement deux heures, nous avions été en mesure de transporter une aussi grande quantité de bois dans la remorque. J'imagine que la technique y était pour quelque chose…

- Bon, ça y est, c'est terminé, poussa Steph en projetant une grosse bûche dans la remorque, fruit d'un dernier effort de sa part.

Il était temps, parce que la fatigue et la chaleur commençaient à me peser sur le corps, chaque pas en avant me drainant d'une énergie que je n'avais plus. Juste à penser que nous devions aller faire bouillir de l'eau me semblait aussi exigeant que d'envisager escalader l'Everest.

Sans bonbonne.

Avec un réfrigérateur sur les épaules.

Nu pied.

Bref, quelque chose de pas facile.

Pendant que je surveillerais tranquillement l'eau bouillir au-dessus du feu, les deux coureurs des bois allaient explorer le territoire sauvage qui nous entourait. Je ne ferais, pour cette fois-ci, pas partie de l'expédition. La raison officielle était que je voulais laisser quelqu'un d'autre découvrir quelque chose d'intéressant, ayant déjà à mon actif le sentier près de la rivière et le cimetière animal. Je n'allais tout de même pas gâcher à Steph le plaisir de trouver une mine d'or ou la carcasse d'un vieil avion datant de la Seconde Guerre mondiale. Même si, en fait, la véritable raison était que je n'aurais probablement pas eu l'énergie de les suivre. J'étais vraiment vidé.

Chapitre 8

Steph avait beau ne rien avoir découvert lors de son expédition, ses yeux brillaient comme si on rentrait en ville avec le squelette d'un dinosaure dans la boîte du camion.

Bill, de son côté, était retourné dans le monde merveilleux du sommeil. Comme quoi la banquette du camion était véritablement un choix privilégié pour reprendre des forces.

- Alors, qu'est-ce que tu penses de mon terrain?, me demanda Steph, comme on demande à ses amis ce qu'ils pensent de notre nouvelle voiture sport flambant neuve, tout droit sortie du concessionnaire.

- C'est beau, très beau. En fait, c'est assez, disons…nature.

- C'est justement ce que les gens recherchent aujourd'hui.
Évidemment.

- C'est vrai. Avec le train de vie que les gens mènent en ville : métro, boulot, dodo, avec de plus en plus de métro et de boulot et de moins en moins de dodo, les gens cherchent à retourner dans la nature.

- Oui, peut-être, mais il y a quand même de la nature plus près de la ville…

- Oui, je l'avoue. Mais ce n'est pas de la vraie nature. C'est de la nature artificielle. Les gens ne veulent pas juste avoir un peu plus de gazon et quelques petits arbres dans un endroit qu'on appelle « chalet », qui est de toute façon beaucoup trop achalandé pour avoir la paix.

- Oui, mais…

- La paix! C'est ça qu'on recherche de nos jours. La sainte paix.

- Je ne sais pas…

- Pas de télévision, pas de téléphone. La paix. Le silence.

- Pas trop souvent quand même, parce que ça devient de la platitude.

- Parle pour toi! Il n'y a rien de tel pour faire un voyage intérieur.

- Voyage intérieur. C'est pas mal de kilométrage pour faire un voyage intérieur!

- Tu ne comprends pas…

Et voilà, comme toujours, je ne comprenais pas. Ou plutôt je ne me laissais pas embarquer dans les réflexions de Steph, ce qui le frustrait légèrement, mais avait tout de même l'avantage de le faire maintenant se concentrer sur la route.

- Quand est-ce que ton oncle va venir chercher son camion?, lui demandais-je, brisant le silence qui nous enveloppait depuis quelques minutes.

- Comment ça, quand est-ce mon oncle va venir chercher son camion?, me répondit-il, délaissant temporairement la route des yeux pour me jeter un regard confus. C'est chez lui qu'on s'en va…

- Quoi?, lançais-je sur un ton qui fit sortir Bill de son doux sommeil.

- Bien quoi, tu ne pensais tout de même pas que j'allais stationner le camion rempli de bois en face de chez moi pendant le reste de l'été.

- Non, mais je pensais que ton oncle allait venir récupérer son camion chez toi en fin de journée. Est-ce qu'il ne reste pas sur la rive nord?

- Oui, il nous attend chez lui. Et il va revenir nous reconduire en ville par après. On n'allait pas le laisser décharger tout ça tout seul?, me demanda-t-il, comme si je venais de lui proposer quelque chose de complètement farfelu, comme d'aller faire un voyage sur la lune en train.

- Bien, j'avoue que je n'avais pas trop pensé à ça, parce que cette étape-là ne faisait pas nécessairement partie du contrat.

- Contrat, contrat. La vie n'est pas un contrat, monsieur l'avocat…

- Peut-être que non, mais il me semble que c'est la première des choses que d'avertir ses amis de tout ce qui les attend avant de les embarquer dans une galère pareille. J'ai des choses à faire ce soir et…

- Tu vas avoir le temps de les faire, tes choses. Ça ne sera pas si long que ça…

- Quand même quelques heures… Et je travaille demain, moi.

- Est-ce qu'on pourrait s'arrêter ici, s'interposa Bill. J'ai vraiment envie…

Steph sembla réfléchir quelques secondes, reprenant peu à peu conscience que nous étions toujours sur un chemin de terre dans le milieu des bois.

- Bon, d'accord. On s'arrête ici, lança Steph.

De toute façon, un peu d'air frais allait tous nous faire du bien. Nous avions en fait convenu de ne pas utiliser l'air climatisé pendant notre voyage de retour, pour économiser l'essence. Une idée de Steph, le grand argentier de l'expédition.

Bill s'engouffra dans les bois, alors que Steph et moi eûmes l'occasion de chacun choisir un arbre majestueux à proximité de la route qui méritait certainement d'être arrosé sous ce soleil de plomb.

- Combien est-ce qu'il nous reste d'essence?, demandais-je à Steph, alors que nous étions tous deux occupés dans notre besogne.

- On est plus bas que je pensais, admit-il. Juste assez pour nous rendre à la prochaine station-service, qui devrait être à environ trente minutes d'ici, je crois…

- Trente minutes? Je pense plutôt que c'est au moins trois quarts d'heure, presque une heure, si je me souviens bien du trajet. Surtout qu'on roule moins vite avec le chargement, ajoutais-je.

Steph ne répondit pas.

- Et on doit consommer pas mal plus d'essence, repris-je.

- Eh…Oui, pas mal…

- Au pire, on peut toujours utiliser l'essence qu'on a dans le bidon, proposais-je.

Aucune réponse de la part de Steph. Ce qui, cette fois, m'inquiéta un peu. Ayant tous les deux terminé notre séance d'arrosage, nous nous dirigeâmes vers le camion.

- J'ai dit, on pourra toujours utiliser l'essence dans le bidon. On n'en n'a pas eu besoin pour la scie mécanique.

- Non, effectivement, on n'en n'a pas eu besoin pour la scie mécanique.

Je sentais que Steph ne voulait pas me dire quelque chose.

- Est-ce qu'il y a un problème?, lui demandais-je.

- Un petit problème, en effet.

- Et quel est-il?, demandais-je à Steph, le retenant par l'épaule pour m'assurer de bien comprendre ce qu'il me disait.

- Tu sais le feu de camp du premier soir?

- Oui…

- Comment est-ce que tu penses qu'on a pu l'allumer aussi rapidement?

J'espérais profondément avoir mal entendu la question. Comment Steph avait-il pu, consciemment en plus, mettre en péril notre expédition en allumant le feu avec l'essence qu'il nous fallait pour retourner en ville l'esprit tranquille?

- Ce n'est pas vrai…

- Oui. Avoir su, on aurait gardé un peu d'essence pour la route, se contenta-t-il de dire.

- Vous avez pris tout le réservoir pour allumer un feu?

- En fait, ce n'est pas vraiment l'allumage qui en a consommé beaucoup, prit-il la peine d'ajouter.

- Comment ça?

- Disons que…

- Disons que quoi?

- Disons que Bill a joué un peu au maître des flammes pendant que tu étais parti te coucher dans le camion.

Je ne pouvais pas y croire. Je savais qu'amener Bill avec nous avait été une mauvaise idée. Une très mauvaise idée.

- Mais le feu était éteint quand je suis allé me coucher, répliquais-je.

- Oui, mais disons qu'il a été facile à rallumer…

Une légère brise vint faire bouger les branches qui nous entouraient.

- Est-ce que tu es certain qu'on est correct pour se rendre à la station-service?, demandais-je à Steph, cherchant à me rassurer.

- Il faut, se contenta-t-il de répondre.

Ce qui, dans le langage habituellement optimiste de Steph, signifiait qu'on avait peu de chance de se rendre jusque là.

Je ne pouvais pas croire que Bill avait pu être aussi stupide.

Parlant du loup, ou plutôt du pyromane des bois, il sortit soudain de la forêt derrière nous, un large sourire au visage.

- Les gars, c'est incroyable le bois qu'il y a ici, dit-il. Un peu plus, et je ne pouvais même pas retrouver mon chemin. Et j'étais seulement à quelques pas de la route.

- Tu devrais peut-être y retourner, lui lançais-je. Peut-être qu'avec un peu de chance, tu ne retrouveras pas ton chemin cette fois.

Le sourire de Bill fondit graduellement, à mesure que mes mots s'introduisaient dans son cerveau. Ce qui nécessita un certain moment, d'ailleurs.

- Qu'est-ce qu'il lui prend?, demanda-t-il à Steph.

- Laisse faire, s'empressa de répondre ce dernier, craignant sans doute que les relations entre nous trois ne s'enveniment davantage.

Sauf que certaines personnes de notre groupe, par des actions stupides, n'aidaient pas beaucoup au maintien de relations harmonieuses.

- C'est juste qu'on pourrait sans doute se passer de traîner une charge inutile, lançais-je à Bill. Tu sais, depuis qu'un idiot s'est amusé à gaspiller notre carburant, on risque de rester pris dans le bois pour un bon bout de temps.

Bill jeta un coup d'œil à Steph, cherchant à comprendre ce qui pouvait bien s'être passé durant son absence pour que je l'accueille aussi agressivement.

- Tu sais de quoi je parle, Bill.

Je me dirigeai vers la boîte du camion, sortit le bidon d'essence vide et le lançai dans sa direction.

- Tiens, vas nous remplir ça maintenant!

Bill attrapa le bidon et jeta à nouveau un regard vers Steph. Comprenant ce qui se passait, son regard était maintenant davantage accusateur qu'interrogatif.

- Qu'est-ce que tu lui as dit?, demanda-t-il à Steph.

- Que tu es un gros stupide, lui criais-je avant que Steph n'ait eu le temps de même avoir l'intention de répondre.

Je devais avouer que la stupidité du geste de Bill m'avait fait perdre, du moins quelque peu, le contrôle sur ce que je lui disais. La colère me faisait maintenant dire des choses que, jusqu'à présent, je m'étais contenté de penser à son sujet.

- C'était juste pour rire, me lança Bill, qui me surprenait pour son calme devant une telle situation, et une telle bêtise de sa part.

Cette réponse de Bill aurait dû, comme toute autre réponse imaginable d'ailleurs, me mettre hors de moi. Mais je pris une profonde respiration, sachant que nous allions bientôt tous les trois nous retrouver sur la même banquette dans le camion. Et que la route risquait d'être longue si nous cherchions à nous entretuer l'un et l'autre.

- Je le sais bien, lui répondis-je. Mais ce n'est vraiment pas drôle. Comment est-ce que tu as pu faire ça, comme s'il était complètement imprévisible que nous allions avoir besoin d'essence lors de notre retour? En plus de consommer plus d'énergie à cause de notre chargement, nous avons un très long chemin à faire avant de retrouver une station-service qui, espérons-le, acceptera un moyen de paiement autre que l'argent comptant. Ce qui n'était d'ailleurs pas le cas lors de notre dernière visite dans le coin.

Et il faut bien avouer qu'il n'y avait pas de station-service à tous les coins de rue sur notre trajet. En fait, il y en avait une à chaque coin de rue, mais c'était les coins de rue qui étaient rares…

- Je ne pense pas qu'on aura un problème, se contenta-t-il de répondre. Si on a été capable de se rendre au camp samedi dernier, on devrait être capable de se rendre jusqu'à la prochaine station-service. Même avec notre chargement.

- Ce sera quand même serré, avoua finalement Steph.

- Combien est-ce qu'il nous reste d'essence?, ajouta Bill.

Nous nous dirigeâmes tous les trois vers le camion, impatients de voir ce qu'indiquait l'indicateur de niveau d'essence.

Steph fut le plus rapide et réussit même à s'asseoir sur la banquette pour avoir une meilleure lecture.

- Un peu moins que le quart, lança-t-il.

Bill se passa la main dans les cheveux, signe que les nouvelles étaient moins bonnes qu'appréhendées.

- Un petit peu moins que le quart, rajouta Steph, essayant d'apporter plus de précision, sans vraiment savoir si cela allait avoir un effet positif sur le moral des troupes.

- C'est moins que je pensais, laissa échapper un Bill un peu moins optimiste que précédemment. Au pire, on peut toujours arrêter un camion qui passe pour lui demander un peu d'essence. Les camionneurs transportent toujours de l'essence, au cas où.

- Je ne compterais pas trop sur ça, lui répondit Steph. Depuis notre départ du camp, on n'a pas vu beaucoup de camions sur la route pendant que tu dormais. On dirait que c'est plutôt tranquille dans le coin le dimanche, ajouta-t-il.

- On pourrait toujours appeler une remorqueuse, dis-je en sortant mon téléphone cellulaire.

- C'est inutile, me lança Steph. Les ondes cellulaires ne se rendent pas jusqu'ici, ajouta-t-il.

Effectivement, mon téléphone m'indiquait qu'il ne trouvait pas l'ombre d'une onde positive.

Il y eut un bref silence, comme si chacun d'entre nous hésitait entre encourager les deux autres ou se laisser abattre. Il faut dire qu'on cherchait également, de mon côté du moins, s'il y avait moyen de consommer moins d'essence.

- Est-ce qu'on devrait vider un peu le camion?, demandais-je, décidant de lancer le débat sur les façons de s'en sortir, au cas où mes deux compatriotes n'avaient pas encore envisagé de trouver une solution à notre problème.

- Non, on ne peut pas faire ça, répondit rapidement Steph. Le chargement, c'est ce qui paye notre voyage.

- Alors, qu'est-ce qu'on devrait faire?, lui rétorquais-je, cherchant à susciter chez lui un peu d'initiative.

- On peut sûrement rouler moins vite. On devrait consommer moins en baissant la vitesse, ajouta-t-il, semblant chercher notre approbation sur son hypothèse.

- Est-ce que tu as bien dormi, la nuit dernière?, me demanda soudain Bill, démontrant clairement qu'il n'avait pas trop suivi notre conversation jusqu'à récemment.

- Quoi?

- Je t'ai demandé si tu avais bien dormi la nuit dernière, répétat-il, comme si l'avenir de l'expédition reposait sur ma réponse.

Je jetai un regard vers Steph, qui ne semblait pas comprendre davantage d'où sortait cette question, et surtout où elle allait nous mener.

- Aussi bien qu'on peut dormir sur la banquette d'un camion, lui répondis-je, me méfiant un peu de ce que Bill voulait insinuer.

- Aussi bien qu'on peut dormir à l'air climatisé, j'imagine.

La réplique de Bill me laissa un peu bouche bée, surpris de constater la tournure des évènements. Celui qui avait joyeusement gaspillé notre surplus d'essence m'accusait maintenant d'être responsable de notre situation.

- Je n'ai pas dormi à l'air climatisé, Bill, lui répondis-je, un peu surpris d'avoir pu conserver mon calme.

- Vraiment?, ajouta-t-il.

- Une seule fois, avouais-je. La cabine du camion était un vrai four quand je suis arrivé. Je ne pouvais pas dormir là-dedans, ajoutaisje pour me défendre.

- Combien de temps est-ce que tu l'as laissé fonctionner, me demanda Steph, s'étant cette fois rangé au banc des accusateurs.

- Cinq minutes, dix minutes tout au plus, lui répondis-je. Ce n'est pas ça qui a mis le réservoir à sec.

- Peut-être pas, renchérit Bill, mais c'est sûr que ça n'a pas aidé.

- C'est quand même pas l'équivalent d'un bidon d'essence, ajoutais-je, tentant de rappeler à notre cher passager que la plus grande part de responsabilité était de son côté.

Mais Bill n'écouta pas les derniers mots de la phrase. Comme hypnotisé, il se dirigea vers le camion, se mit à genou et se mit à contempler sous le mastodonte d'acier.

- Qu'est-ce que tu fais là?, lui demanda Steph.

Bill ne répondit pas, concentré sur on ne savait trop quoi.

- Viens voir, finit-il par demander à Steph, pointant quelque chose du doigt.

- Qu'est-ce que c'est?, redemanda Steph, s'agenouillant à côté de Bill.

Steph observa quelques secondes sous le camion et laissa échapper un « Merde » plutôt émotif.

- Qu'est-ce qu'il y a?, demandais-je à mon tour, me sentant soudainement exclu des constatations de mes collègues.

Bill et Steph se relevèrent, restant silencieux le temps de se secouer un peu les jambes couvertes de poussières.

- On perd de l'essence, me lança Steph.

Comme un médecin qui annonce à son patient qu'il n'y a plus rien à faire en lui disant : « Désolé mon vieux, on a fait ce qu'on a pu, mais ce n'est plus de notre ressort maintenant ».

- Beaucoup?, demandais-je

- Quelques gouttes depuis qu'on s'est arrêté ici, me répondit Bill, qui avait vraisemblablement laissé tomber les accusations relativement à l'utilisation de l'air climatisé.

- Pourtant, il ne semblait pas y avoir d'essence par terre suite à notre arrêt au camp, lui rappelais-je.

- Il faut dire qu'on est parti vite, lança Steph. Et à bien y penser, c'est vrai que ça sentait un peu l'essence quand on a quitté le camp.

Donc, voilà que tout semblait jouer contre nous en ce qui concerne l'essence. Ce qui rendait le geste de Bill encore plus dommageable, quoi qu'il puisse dire à propos de mon utilisation, très limitée d'ailleurs, de l'air climatisé.

- On devrait se dépêcher à partir, lança Steph, prenant conscience que chaque minute passée ici nous faisait perdre un peu plus d'essence.

Sans avoir besoin de répondre, nous nous précipitâmes tous les trois à nos places respectives sur la banquette du camion, espérant silencieusement que nous serions en mesure d'atteindre la prochaine station-service sans difficulté.

Partageant notre inquiétude, Bill ne put regagner le monde du sommeil et dut se résoudre à nous entendre, Steph et moi-même, tenter de nous convaincre que nous allions parvenir à destination. Je le félicitais pour sa conduite exemplaire, lui qui évitait à tout prix les accélérations brusques. Il souligna d'ailleurs qu'il se mettait en position « neutre » lors de la descente des côtes; ce qui, selon sa théorie, faisait moins forcer le moteur et, par conséquent, réduisait la consommation d'essence.

Je ne pourrais dire si c'est le fait de jeter un coup d'œil à chaque minute à l'indicateur d'essence, mais le voyage de retour me parut plusieurs fois plus long que le voyage d'arrivée. La route n'en finissait plus d'apparaître devant nous, se jetant inlassablement sous les roues du camion pour se retrouver à nouveau à l'horizon. D'ailleurs, nous n'avions encore rencontré aucun véhicule depuis notre dernier arrêt, ce qui ne faisait que diminuer nos espoirs d'obtenir de l'assistance en cas de panne. De mon côté, je surveillais attentivement mon téléphone cellulaire, espérant y voir apparaître le début d'une petite ligne noire qui indiquerait que nous avions retrouvé la civilisation.

Cela faisait environ cinquante minutes que nous roulions à une cadence exemplaire sans rencontrer de véhicule et sans que mon téléphone ne me donne une raison de festoyer lorsque soudain, au loin, apparut un petit point rouge.

- Est-ce que c'est…, demandais-je sans prendre le temps de terminer ma phrase, essayant inconsciemment de préserver l'énergie sous toutes ses formes.

L'index de ma main droite prit subtilement la relève de ma bouche, devenue muette, pour pointer devant moi.

- Où ça?, demanda Bill, plissant des yeux à mes côtés.

- Oui, c'est ça, poussa Steph dans un cri de joie.

Joie qui se communiqua rapidement au reste de l'équipage. Le petit point rouge à l'horizon grossissait lentement pour devenir l'enseigne de Pétrole de l'Est.

Nous étions sauvés.

Je jetai un coup d'œil sur l'indicateur de niveau d'essence pour m'apercevoir qu'il restait encore une bonne largeur d'aiguille avant de se rendre à l'indication de réservoir vide.

Nous nous étions inquiétés pour rien.

- Est-ce que vous pensez que c'est ouvert?, demanda alors Bill, jetant une douche glacée sur nos espoirs enflammés.

Effectivement, l'endroit était désert. Mais quoi de plus normal qu'une station-service déserte sur un chemin où on ne rencontre aucun véhicule pendant aussi longtemps.

- Bien sûr que c'est ouvert, répondit Steph sans hésitation. L'essence par ici, c'est rien de moins qu'un service essentiel. Comme les pompiers et les ambulanciers.

Steph immobilisa le camion à côté de l'unique pompe du poste d'essence.

Effectivement, l'endroit semblait fermé. Mais il était bien sûr difficile de juger l'état du commerce puisqu'on s'y trouvait pour la première fois, n'ayant pas eu besoin de nous y arrêter lors de notre arrivée. Peut-être que l'endroit était toujours aussi tranquille.

- Il y a un mot sur la porte, lança Bill, avant de se précipiter à la rencontre du message.

Un mot sur la porte d'un poste d'essence est rarement pour annoncer de bonnes nouvelles. À moins d'indiquer : « servez-vous, l'essence est gratuite aujourd'hui », ce qui ne s'était probablement jamais vu dans l'industrie. Et le déroulement de la journée, jusqu'à maintenant, ne laissait pas présager un tel miracle.

- C'est fermé, lança Bill, qui se mit aussitôt à faire le tour de la petite bâtisse.

Bâtisse qui, on commençait à s'y habituer depuis notre arrivée dans la région, semblait datée d'une époque plutôt lointaine.

« Fermé pour la journée » me lut Steph tout haut, étant maintenant tous les deux devant la porte de la station-service.

- Ce n'est vraiment pas notre journée, laissa échapper Steph en se passant la main dans les cheveux, geste qui témoignait de son angoisse.

Sentiment inhabituel pour lui, d'ailleurs.

Tant qu'à être ici, je décidai de jeter un coup d'œil à l'intérieur de la vétuste bâtisse, me rapprochant les yeux de la vitrine, tentant tant bien que mal de me faire de l'ombre avec les mains. La poussière sur la vitre n'aidait en rien en ce qui concernait la visibilité, mais je pus tout de même distinguer le comptoir où se trouvaient la caisse enregistreuse et un étalage de friandises prêtes à remonter le moral de tout voyageur passant dans le coin. À côté du comptoir se trouvait un vieux téléphone public et je pensai alors que ce type de téléphone serait beaucoup plus utile à l'extérieur, dans sa propre cabine.

J'étais encore concentré à faire l'inventaire du commerce lorsque je vis une ombre passée derrière la vitrine. Pris par surprise, mon corps commanda à mes pieds de sauter de quelques mètres vers l'arrière, pendant que mes cordes vocales laissaient échapper un cri qui allait sans doute faire fuir toute la faune environnante.

- J'ai vu quelqu'un à l'intérieur! lançais-je à Steph, qui semblait aussi surpris que moi de mon fameux cri.

- Moi aussi, me confia Steph. C'est Bill!

- Bill?

Eh oui, c'était bien notre ami Bill qui se trouvait de l'autre côté de la vitrine. Après avoir tenté en vain d'ouvrir la porte, celle-ci ne pouvant vraisemblablement pas être déverrouillée même de l'intérieur, Bill s'approcha de la vitre et cria « Je vais ouvrir la pompe », avant de se diriger vers le comptoir.

- Qu'est-ce qu'il fait?, demandais-je à Steph.

Mais Steph était déjà parti vers la pompe, marchant d'un pas décidé. Il saisit le bec du tuyau d'essence et l'introduisit dans le flanc du camion. Après quelques secondes d'attente, un léger déclic se fit entendre et le visage de Steph s'illumina.

- Ça fonctionne!, s'exclama-t-il. Ça fonctionne!

- Alors, est-ce que ça fonctionne?, demanda Bill accourant vers le camion.

- Oui mon Bill, tu es un véritable génie!

Bill s'approcha de Steph et les deux confrères se tapèrent allègrement dans la main, signe que la joie était à nouveau parmi nous.

- Ce n'est pas grand chose, j'ai déjà travaillé au poste d'essence de mon oncle durant quelques mois, confessa Bill.

Steph, de son côté, n'en revenait tout simplement pas.

- P-A, regarde ça, ça fonctionne, répéta Steph.

- Très bien… et comment est-ce qu'on va….disons…payer pour ça?

Il ne faudrait surtout pas croire que je n'étais pas heureux de résoudre notre problème d'essence.

Au contraire.

J'étais soulagé de constater que nous n'aurions pas à passer de longues heures sur le bord d'une route déserte, en attendant l'arrivée d'un bon samaritain. Par contre, je ne pouvais m'empêcher de rappeler à mes deux comparses que nous étions en train de voler de l'essence. Ce qui me valu d'être regardé comme un extra-terrestre venu tout droit d'une lointaine, très lointaine, galaxie.

- En ville, ça s'appelle peut-être du vol, mais ici, ça s'appelle de l'entraide, me lança Steph.

Oui, bien sûr, de l'entraide venant d'une personne qui n'était même pas là pour profiter de nos sincères remerciements.

- Et qu'est-ce que tu veux qu'on fasse?, me demanda Steph.

- Je ne sais pas, mais il me semble que ce n'est pas correct de remplir le camion d'essence sans payer.

- Rien ne t'empêche de laisser un mot avec ton adresse et ton numéro de téléphone sur le comptoir, me rétorqua Bill, pointant la porte menant au comptoir en question.

- Pas vraiment, répondis-je. Mais on ne devrait pas remplir le camion au complet. On pourra toujours faire le plein une fois rendu en ville, proposais-je.

Mes paroles ne parurent pas influencer Steph, qui surveillait le compteur de la pompe d'essence avec une telle concentration qu'il en avait semble-t-il même perdu l'ouïe.

- Je pense que c'est trop tard, répondit Bill après quelques secondes, constatant que Steph était sorti de son état de transe pour forcer quelques dernières gouttes d'essence dans le réservoir.

- Qu'est-ce que tu disais?, me demanda Steph, semblant être revenu à lui-même, remettant le tuyau en place.

- Rien…rien de spécial. Seulement qu'on devrait aller fermer la pompe et partir au plus vite. On a encore un long chemin à faire.

Et long chemin à faire il restait…

Chapitre 9

« Pas de colporteur ».

C'est ce qui était inscrit sur la porte devant moi.

Je venais de pousser sur la sonnette d'entrée et attendais patiemment qu'on vienne m'ouvrir. J'entendais d'ailleurs un lointain bruit de pas, témoignant que le bruit de la sonnette n'était pas passé inaperçu.

Je vérifiai une fois de plus que le précieux objet se trouvait dans mon sac à dos, histoire de ne pas avoir fait tout ce trajet pour rien. Il était bien là, solennellement enveloppé dans un mouchoir blanc, attendant d'être remis à ses propriétaires.

Quelqu'un devrait un jour me rappeler ce que je faisais ici. Tout cela me semblait plutôt ridicule et inusité. J'étais là, debout, à attendre que des gens dont je n'avais jamais suspecté l'existence viennent m'ouvrir la porte pour que je puisse leur remettre un morceau de cuir retrouvé à des centaines de kilomètres d'ici. Sur un terrain qui n'était pas le mien. En fait, je n'avais vraiment rien à voir avec toute cette histoire.

La visite chez André, l'oncle de Steph chez qui nous avions déchargé le bois ramené du camp, nous avait permis d'en apprendre davantage sur la découverte du collier sur le terrain. En effet, André avait lui-même enterré la pauvre bête, retrouvée morte près des cordes de bois. C'était en mai dernier et le cadavre n'ayant pas encore été réclamé par aucun charognard de l'endroit, André croyait que la mort du chien, un caniche blanc, était plutôt récente. Il avait pris soin d'enterrer la pauvre bête.

« Et pourquoi avoir laissé le collier sur la croix ? », lui avais-je demandé.

« Par respect pour la bête », m'avait-il répondu. « Le pauvre avait eu la gorge tranchée ».

La gorge tranchée. Plutôt bizarre.

Et voilà. Puisque j'étais celui qui avait été désigné pour ramener le collier dans les environs, j'avais l'ingrate responsabilité d'aller informer les anciens maîtres du caniche de la fin tragique de leur animal.

La porte finit par s'ouvrir.

Une dame vêtue d'un tailleur chic et dont la coiffure n'avait rien à envier aux vedettes de Hollywood se trouvait devant moi. Son bronzage, probablement obtenu suite à de nombreuses heures passées sous une énorme lampe, n'avait rien de naturel et, malheureusement pour elle, n'allait sans doute pas améliorer les rides qui avaient déjà commencé à envahir son visage.

- Madame Létourneau, demandais-je poliment.
- Oui, tu dois être le petit Pierre-Alexandre qui a appelé.

Effectivement, j'étais bien le Pierre-Alexandre qui avait appelé. Mais je devais par contre baisser le regard pour observer celle qui me faisait face. Le mot « petit » n'était pas très bien choisi, selon moi.

- Oui, c'est bien moi madame.
- Entre donc, mon cher, entre.

Je ne sais trop pourquoi, mais je me sentais soudainement mal à l'aise. Cette dame avait un style, comment dirais-je, hautain. Malgré sa petite taille, j'avais l'impression qu'elle me regardait de haut, ce qui venait sans doute justifier qu'elle me qualifie de « petit ». Avoir su, je me serais vêtu autrement qu'en simple bermuda avec des sandales, arborant de plus un T-Shirt commémoratif d'une quelconque activité sociale d'il y a quelques années.

Mais je ne pouvais tout de même pas me douter que j'allais rencontrer la reine d'Angleterre en venant ici. Surtout que la maison n'avait pas l'air d'un château, se confondant parmi les autres maisons de taille moyenne du secteur. Pourtant, en ce moment précis, j'aurais vu surgir un serviteur portant le smoking venir me porter un verre de champagne et je n'aurais pas été surpris.

Je pris donc bien soin de m'essuyer les sandales sur le paillasson à l'entrée, question de ne pas trop faire travailler les domestiques.

- Est-ce que je peux te servir quelque chose à boire?, me demanda-t-elle, alors que je la suivais vers ce qui semblait être un boudoir aménagé dans une des pièces à l'arrière de la maison.

J'eus envie de répondre que je prendrais bien un bon scotch, question de détendre l'atmosphère, mais décidai de me contenter du poli : « Non merci, je ne resterai pas trop longtemps, je ne voudrais surtout pas déranger ». Ce qui amena la dame à insister à plusieurs reprises. Je me retrouvai donc avec un verre de limonade bien glacée dans la main avant d'avoir le temps de m'asseoir.

- Assieds-toi, je t'en prie, m'ordonna-t-elle.
- Merci beaucoup, mais je serai ici seulement quelques minutes.

Malgré la vigueur du soleil extérieur, la place dans laquelle nous nous trouvions était étonnement sombre et fraîche. Ce n'était sûrement pas ici que la dame avait obtenu tout ce bronzage...

Il y avait beaucoup de bibelots et d'éléments de décoration dans la pièce, ce qui me donnait l'impression que la pièce était surchargée. N'eut été de la fraîcheur, j'aurais sans doute eu l'impression d'étouffer ici.

Je pris une gorgée de limonade.

- Allez, raconte-moi tout, me demanda-t-elle, prenant ma main gauche entre ses mains.

Des mains qui, malgré une bonne couche de crème hydratante, étaient définitivement rugueuses.

Le geste me prit un peu par surprise et je faillis m'étouffer. Toutefois, mes voies respiratoires firent un travail de rattrapage remarquable et l'air et le liquide furent savamment séparés dans leurs conduits respectifs.

La dame parut surprise que je retire ma main des siennes, pur réflexe qui reflétait le fait que j'étais plutôt mal à l'aise. Et que je m'étouffais.

- Pardon, me dépêchais-je à ajouter, avec l'aide d'un petit sourire niais. Qu'est-ce que vous voulez que je vous raconte, exactement?, demandais-je, me donnant un air sérieux, presque important.

- Comment avez-vous retrouvé le collier de Poupou?, me souffla-t-elle.

Poupou? Quel drôle de nom pour un chien, pensais-je.

Je me mis donc à lui raconter comment le collier avait été retrouvé, prenant soin de lui décrire l'endroit et les circonstances. Par contre, malgré sa demande de « tout lui raconter », j'eus la délicatesse d'éviter les détails qui auraient sans doute pu la choquer, comme l'absence de toilettes et autres éléments indispensables d'hygiène sur les lieux du crime. Quoique cela aurait peut-être fait en sorte qu'elle aurait été moins attirée à me tenir la main...

Aussi, j'évitai de lui raconter comment mes deux compagnons de voyage avaient tenté d'aller vérifier si Poupou était bien là. Et je gardais bien sûr les détails sur la mort de Poupou pour un moment plus approprié.

- Est-ce que vous l'avez avec vous?, me demanda-t-elle en murmurant, laissant croire qu'elle pouvait fondre en larmes à tout moment.

Je sortis fièrement le mouchoir blanc contenant le collier et le lui remis, comme s'il s'agissait du plus fin et du plus précieux des papiers de soie.

Elle déplia le mouchoir, prit le collier entre ses doigts fins et, inévitablement, éclata en sanglots.

Malheureusement, je m'étais servi de mon seul mouchoir pour envelopper le collier et j'imaginais mal madame Létourneau s'y moucher. Elle ne tarderait pas à y renifler l'odeur de cuir du collier et à refondre en larmes. Je décidai donc qu'il était temps de me lever pour partir à la recherche d'un mouchoir, lorsque j'entendis quelqu'un entrer dans la pièce.

J'en eu le souffle coupé.

S'approchant de madame Létourneau, et par ricochet de moi-même, une jeune femme d'une beauté éblouissante se pencha vers la dame en sanglots.

- Tiens, maman, un mouchoir.

Incapable de parler, j'eus besoin de quelques gorgées de limonade pour remplacer ma salive qui s'était comme volatilisée.

Voyant que sa mère était maintenant pourvue d'un instrument lui permettant d'absorber ses pleurs, la jeune femme tourna son regard vers moi. Tout semblait se dérouler au ralenti, comme dans une annonce de shampoing. Les longs cheveux lisses de la jeune femme se baladaient comme sur un coussin d'air, son petit nez retroussé rivalisant avec ses yeux brillants pour avoir toute mon attention.

J'étais en amour.

- Bonjour, je m'appelle Nadia, me dit-elle, avec un sourire qui aurait pu faire fondre le pôle Nord. Tu dois être le Pierre-Alexandre à qui j'ai parlé au téléphone, ajouta-t-elle.

- Oui, c'est bien moi. Tu…vous…on peut m'appeler P-A.

En fait, je doutais fortement que ma dernière phrase ait été compréhensible. C'était comme si chaque mot que je prononçais se bousculait pour être le premier à atteindre ses oreilles.

- Est-ce qu'on se connaît?, me demanda-t-elle. J'ai l'impression qu'on s'est déjà vus quelque part.

- Eh… je ne sais pas, répondis-je, convaincu que si j'avais déjà vu une jeune femme d'une si grande beauté se présenter devant moi, je m'en souviendrais probablement. En fait, peut-être que vous m'avez déjà vu à la bibliothèque municipale Jean-Lachaise, où je travaille depuis l'année dernière, enchaînais-je.

Nadia sembla réfléchir un instant, et passa rapidement à autre chose.

- J'ai sûrement dû te paraître désagréable lorsque je t'ai parlé, mais j'étais sur une autre ligne et je n'avais pas beaucoup de temps devant moi, s'excusa-t-elle.

En effet, l'appel téléphonique fut des plus brefs et expéditifs. Je m'étais en quelque sorte fait ordonner de ramener le collier à cette adresse au cours de la soirée. Ce que, évidemment, je fis.

- Non, pas du tout, lui mentis-je.

Pendant ce temps, madame Létourneau se leva et quitta la pièce, sans doute pour aller se refaire une beauté. C'est bien beau pleurer, mais c'est très dommageable sur le maquillage.

- Ma mère était très attachée à notre chien, me confia Nadia, comme pour excuser le geste de sa mère.

- Je peux comprendre ça, lui répondis-je, dans une tentative de lui démontrer ma grande capacité de sympathiser avec les gens.

- Tu as déjà perdu un chien?, me demanda-t-elle.

- Non, seulement un poisson rouge…

Un poisson rouge.

Je ne pouvais croire que je venais de dire à cette jeune beauté devant moi que j'avais déjà perdu un poisson rouge…

- Ah, je vois, me lança-t-elle, semblant déçue que je n'aie pas perdu un animal plus digne.

- J'étais très jeune à l'époque, lui lançais-je, tentant maladroitement de récupérer un peu la situation.

Visiblement, je n'avais pas marqué de très bons points au cours des dernières secondes. Je ne pouvais d'ailleurs pas plus amèrement regretter d'être venu ici aussi mal habillé. Je me fis sans hésiter la promesse solennelle de brûler mon t-shirt dès mon arrivée à la maison.

- Je peux t'offrir d'autre limonade?, me demanda Nadia.

- Non…merci. Il ne faut pas trop abuser des bonnes choses…

Elle me répondit d'un bref sourire, ce qui était tout de même ça de gagné.

Je ne sais trop combien de temps je restai ainsi, debout à la regarder, mais je fus finalement ramené à la réalité lorsque j'entendis madame Létourneau se moucher avec vigueur dans la pièce d'à côté.

- Je devrais peut-être y aller, finis-je par proposer.

- Non, pas du tout. Attends-moi ici un instant, m'ordonna gentiment Nadia en sortant de la pièce, rejoignant sa mère dévastée par les événements.

Laissé seul dans la pièce, je me mis à observer les bibelots et les cadres. Ils étaient de genres très diversifiés, certains représentants des animaux, d'autres des personnages, et d'autres des formes non identifiées. L'un d'eux, particulièrement laid selon mes goûts personnels, attira mon attention du fait qu'il présentait une petite photographie de famille. J'y reconnus la jolie Nadia, plus jeune de quelques années, entourée de madame Létourneau, l'air sévère et autoritaire, et d'un homme corpulent, un sourire collé au visage. Ils étaient tous les trois photographiés devant une vieille maison, vraisemblablement en automne à en juger la couleur des feuilles d'arbres autour d'eux.

Nadia revint dans la pièce, encore plus jolie que dans mes récents souvenirs.

Je lui montrai le bibelot contenant la photographie, ajoutant poliment que cette dernière était très réussie, et lui demandai où elle avait été prise.

- C'était à notre chalet, me répondit-elle. Il y a de cela trois ans.

Je remis délicatement le bibelot en place.

- Il faudra excuser ma mère, me lança Nadia. Elle est très, disons, bouleversée.

J'avais effectivement remarqué, pensais-je.

- Nous sommes très curieuses de savoir ce qui s'est passé.

- S'est passé?

- Oui, comment avez-vous retrouvé Poupou?

- Ah oui, Poupou... Eh bien, je dois dire que c'est une histoire un peu bizarre.

Je racontai à Nadia l'héritage de Steph, notre voyage là-bas et ma découverte spectaculaire de la croix où se trouvait Poupou.

Nadia écouta attentivement mon récit, sans m'interrompre, absorbée par mes paroles. Ce qui me motiva à prolonger quelque peu l'histoire et à l'embellir à ma façon, du mieux que je pouvais. Comme en décrivant les beautés de la nature et les effets positifs de l'air frais de la campagne profonde. Sans oublier le travail colossal accompli lors de notre séjour. Pour l'instant, je n'avais pas encore abordé la fin tragique du gentil Poupou.

- Je me demande bien ce qui lui est arrivé, s'interrogea Nadia, pendant que je reprenais mon souffle, ayant apparemment oublié de respirer au cours des dernières minutes.

Je pris quelques instants pour réfléchir, pensant à comment j'allais annoncer la version d'André.

- En fait, c'est l'oncle de mon ami Steph qui a enterré Poupou, lui répondis-je, plutôt mal à l'aise.
- Comment?
- Oui, il l'a retrouvé mort…sans vie…pas loin du camp. Il…
- Oui…
- …il n'était pas décédé d'une mort naturelle, finis-je par avouer.
- Qu'est-ce que tu veux dire par là, pas décédé d'une mort naturelle?
- Il avait…il avait la gorge tranchée.
- Oh mon …, laissa-t-elle échapper, avant de se précipiter à son tour hors de la pièce.

De toute évidence, le bouleversement émotif était pratique courante dans cette famille. Attendez que madame Létourneau apprenne que Poupou avait été la victime d'un boucher sanglant. Je devais tenter de quitter la ville avant que cela ne se produise.

Je finis par me lever, décidé à saluer brièvement les deux femmes en larmes qui se trouvaient maintenant à l'extérieur de la pièce et à quitter cette maison au plus vite. Je traversai la pièce et vit que madame Létourneau et sa fille se consolaient mutuellement, chacune dans les bras de l'autre. Observant silencieusement la scène, je me déplaçais tout doucement pour ne pas interrompre le bruit de leurs sanglots. Je cherchais désespérément une petite parole réconfortante pour annoncer mon départ, mais les mots semblaient avoir quitté ma tête pour je ne sais quelle contrée lointaine.

Madame Létourneau m'aperçut et sembla se ressaisir quelque peu.

- Att… Attends…jeune homme, me lança-t-elle.

Je lui obéis sur le champ, et je vis que Nadia m'observa à son tour.

Madame Létourneau saisit une énorme poche de toile, qui semblait lui servir de sac à main, et en sortir quelques billets.

- Tiens, jeune homme. Merci de nous avoir rapporté le collier de Poupou…, sanglota-t-elle.

- Non… merci…madame. Je ne peux pas accepter… Je…, balbutiais-je

- Oui, j'insiste, me répondit-elle sur un ton qui m'inspira
l'abdication.

- Eh….merci. Merci beaucoup, finis-je par dire en acceptant ce
qui ressemblait à cent dollars maintenant que les billets avaient atteint
ma main droite. Et, encore une fois, je suis vraiment désolé pour votre
chien, ajoutais-je, me penchant la tête vers l'avant en signe de saluta-
tion.

- Merci beaucoup, me lança Nadia, qui alla retrouver sa mère
qui avait recommencé à se déshydrater.

Je sortis de la maison avec un certain malaise, mais tout de même
un sentiment de devoir accompli. Et d'avoir bien mérité ma récompense....

Chapitre 10

- Est-ce que ton oncle t'a trouvé?, me demanda Caroline.

- Mon oncle?, lui demandais-je, un peu déboussolé par sa question.

- Oui, ton oncle est venu au comptoir il y a quelques minutes. Il te cherchait.

- Mon oncle?, répétais-je, cherchant à comprendre ce que Caroline me disait.

- Oui, ton oncle. Tu sais, probablement le frère de ton père ou de ta mère. Ou le mari d'une de tes tantes, ajouta-t-elle, me faisant ensuite une grimace pour me montrer qu'elle se moquait de moi.

Je ne pouvais pas imaginer qu'un de mes oncles puissent venir me voir ici. En fait, je ne voyais ces derniers que très rarement, le plus souvent durant le temps des Fêtes. Et j'étais convaincu qu'aucun d'entre eux ne savait que je travaillais ici.

- Est-ce qu'il t'a dit son nom?

- Non. Je ne lui ai pas demandé

- De quoi est-ce qu'il avait l'air?

- Grand, assez…plutôt bien bâti. Cheveux noirs, la barbe de trois jours.

Voilà qui ne correspondait à la description d'aucun de mes oncles, plutôt minces et grisonnants. Et petits pour la plupart.

- Tu es sûr qu'il me cherchait?

- Oui, il m'a dit qu'il cherchait son neveu, Pierre-Alexandre Daigle-Morin qui travaillait ici. C'est bien ton nom, n'est-ce pas?

Je lui répondis à mon tour avec une grimace.

- Ça ne ressemble à aucun de mes oncles, madame la bibliothécaire. Si vous le revoyez, vous lui direz qu'il se trompe sûrement de neveu.

- D'accord, monsieur le bibliothécaire, je ferai le message.

La bibliothèque était passablement achalandée pour un samedi matin. Mais il faut dire que la température maussade qui s'était installée sur la ville depuis deux jours n'était sans doute pas étrangère à cette hausse de la clientèle.

- Je vais aller classer les livres dans le secteur des sciences, lançais-je à Caroline.

- D'accord, je vais rester au comptoir, me répondit-elle. Au cas où ton oncle reviendrait…

Je saisis le petit chariot et me dirigeai tranquillement vers le fond de la bibliothèque, croisant de jeunes adolescents qui regardaient des livres sur les dinosaures, toujours aussi populaires.

Parmi tous les aspects de mon travail, replacer les livres sur les rayons était probablement une des tâches que j'appréciais le plus. Lorsque j'étais plus jeune, j'étais très impressionné par la personne qui poussait le chariot chargé de livres. Je me demandais comment un être humain normalement constitué pouvait se souvenir de l'endroit exact où allaient chacun d'entre eux. Les bibliothécaires étaient, selon ce que je croyais à l'époque, les gens les plus intelligents de la planète. Comment faire autrement quand on passe sa vie dans les livres?

Et j'étais là maintenant, en train de pousser le chariot en savourant chacun de mes pas, comme s'il s'agissait d'une marche solennelle, de la plus grande importance.

Je commençai à reclasser les livres de la section des sciences de la nature. Notre bibliothèque comptait de nombreux livres sur les différentes formes de vie : reptiles, mammifères, insectes, oiseaux, poissons, etc. Pour la plupart très bien illustrés, ce qui ralentissait considérablement mon travail. Mais la tranquillité de la bibliothèque se prêtait bien à la lenteur et à l'observation, ce que j'appréciais beaucoup.

Aussi, malgré l'achalandage important de l'endroit en ce samedi matin, les rayons des sciences de la nature étaient plutôt déserts. Les gens se concentraient pour l'instant dans la section de lecture des magazines et journaux et, comme à l'habitude, il y avait beaucoup d'action autour des livres jeunesse.

J'aimais bien mon travail.

Ce qui se passa suite à cette belle réflexion est relativement flou, comme si tout s'était passé au ralenti, dans un rêve rempli d'un épais brouillard.

Je me souviens que j'étais en train de tourner les pages d'un nouveau livre sur les batraciens, que je n'avais pas encore eu le temps de feuilleter, lorsque je me retrouvai étranglé par un bras étranger autour de mon cou.

Le livre sur les batraciens se retrouva par terre et, curieusement, ma première pensée fut d'espérer qu'il ne s'était pas brisé en tombant. Probablement une preuve que j'aime bien les livres…

Réagissant à l'agression, je tentai de me libérer, mais m'aperçus rapidement que je ne faisais pas le poids. La force de mes deux bras ne parvint aucunement à me dégager les voies respiratoires et sanguines.

J'étais pris.

Mon agresseur, percevant mon agitation, me plaqua contre le rayon de la bibliothèque, immobilisant les quelques membres de mon corps qui tentaient, tant bien que mal, de contribuer à ma libération.

C'est alors que la peur s'empara vraiment de moi.

Elle se manifesta par une simple pensée. Je me demandai combien de temps je pourrais vivre sans un apport d'air frais à mes poumons et sans une irrigation adéquate des cellules de mon cerveau.

10 secondes?

1 minute?

10 minutes?

Connaître la réponse aurait malgré tout été inutile, ayant perdu toute notion du temps.

Temps qui semblait s'être arrêté pour regarder ce qui se passait.

J'avais laissé mon téléphone cellulaire au comptoir de la bibliothèque. En fait, je n'aurais sans doute pas été capable de le saisir ni d'appeler pour de l'aide.

Ma seule chance de m'en sortir, selon ce que mon cerveau pouvait encore percevoir avec l'oxygène qu'il lui restait, était que quelqu'un surgisse dans l'allée et force mon agresseur à lâcher prise.

Malheureusement, il me semblait qu'aucun son ne parvenait à mes oreilles, comme si la bibliothèque était maintenant déserte.

Terriblement déserte.

Comme un randonneur pris devant un ours agressif, je décidai de feindre la mort. Ou plutôt, dans la situation actuelle, la perte de conscience. Du moins, pour commencer. On allait voir pour la mort ensuite.

Je relâchai tous mes muscles.

La prise de mon agresseur se relâcha quelques instants, mais ce dernier revint en force, me soulevant du sol et me plaquant à nouveau contre le rayon de la bibliothèque. Le seul avantage de ma dernière manœuvre fut de libérer mon bras gauche, qui était auparavant emprisonné entre mon corps et l'étagère remplie de livres.

Aveuglément, je lançai ma main gauche contre les livres se trouvant sur le rayon et parvint à en faire tomber quelques-uns, espérant que le bruit allait alerter les usagers qui pouvaient se trouver à proximité.

Mon geste ne plut nullement à mon agresseur, qui me ramena vers l'arrière pour mieux glisser mes bras devant moi et me plaqua, cette fois avec grande force, contre le rayon. Dans la manœuvre, je sentis le coin d'un livre particulièrement rigide s'enfoncer tout juste sous mon œil droit, provoquant une sensation de brûlure. Mon corps se raidit soudainement. Mon agresseur sembla percevoir que je m'étais fait mal et relâcha légèrement son emprise.

Tout se déroula silencieusement, les livres absorbants tous les sons. Aussi, le bras de mon agresseur toujours enroulé autour de ma gorge m'empêchait d'émettre quelque son que ce soit.

- On se tient tranquille, m'ordonna mon agresseur, qui s'adressa à moi pour la première fois.

Une voix grave et basse. Que je ne parvenais pas à reconnaître.

Un coin de livre me toucha à nouveau sous mon œil et je sentais maintenant un liquide chaud qui s'en échappait.

Du sang.

Les muscles de mon corps étaient toujours aussi contractés.

- Écoute-moi bien, jeune homme…

Croyez-moi, je n'avais jamais été aussi attentif de toute ma vie.

- …je vais te demander un petit service et, vraiment, je n'aimerais pas que tu me déçoives…

N'importe quoi.

Il aurait pu me demander n'importe quoi et je l'aurais fait.

Tout pour une bouffée d'air frais.

Et pour ne pas mourir.

- Tu vas changer ta petite histoire sur Poupou…

Poupou?

- Tu vas gentiment aller dire que tu as frappé le pauvre chien avec ta voiture…et que tu as attendu avant de raconter ton histoi-re…et que tu as raconté toute cette histoire de chien égorgé et enterré dans un terrain lointain parce que tu te sentais coupable…

Je n'étais vraiment pas convaincu d'avoir bien compris.

- Et pas un mot de notre petite conversation à personne.

Il m'était très difficile de mettre de l'ordre dans les idées qui se précipitaient dans ma tête.

Il ne pouvait que s'agir de Poupou, le chien de la famille Létour-neau.

Quel était le lien entre cet homme et Poupou?

Comment est-ce que cette personne savait que j'avais été en contact avec la famille Létourneau?

Pourquoi cette curieuse demande?

Une seule réponse me parvenait à l'esprit : j'étais la victime innocente d'un monsieur Létourneau en colère…

La pression exercée sur mon cou et l'ensemble des organes internes qui se trouvaient dans cette partie de mon corps disparut soudain. Mon corps fut tiré vers mon agresseur, me laissant ressentir avec force la blessure au haut de la joue. Par la suite, je restai immobile, attendant le reste des procédures.

N'étant vraisemblablement pas au bout de mes peines, je me fis à nouveau plaquer contre le rayon. Heureusement, sans coupure cette fois-ci.

- J'espère que c'est clair?, me demanda celui qui maltraitait mon organisme depuis quelques secondes.

Bien que libérées de l'emprise du bras, mes cordes vocales semblaient être encore réfugiées dans un endroit que moi-même j'ignorais. Et je n'étais toujours pas en mesure de respirer, ce qui me fit paniquer.

Mon agresseur me serra encore plus fort contre l'étagère, mit sa main contre ma bouche, tentant de contenir ma panique.

- Compris?, me redemanda la voix grave, dont je sentais le visage très près du mien, mais que je ne pouvais pas apercevoir.

Mon mutisme semblait rendre mon agresseur mécontent. Et nerveux. Je le sentais se tourner la tête de gauche à droite, cherchant probablement à s'assurer que personne ne venait interrompre notre petite conversion. Ou plutôt, son monologue.

Je rattrapai la situation en me secouant la tête du haut vers le bas, pour démontrer que j'avais bien compris sa demande. N'importe quoi pour qu'on me laisse tranquille.

- Et si tu en dis un mot à la police, tu peux être convaincu que je vais le savoir, me menaça-t-il en me chuchotant à l'oreille.

Je me sentis une fois de plus tiré vers l'arrière avec beaucoup de force et, sans trop savoir d'où celui-ci venait, un poing fermé vint se loger dans mon ventre, me coupant le souffle que je n'avais plus.

Mes genoux perdirent le peu de force qu'ils avaient et je me retrouvai mollement sur le sol. Pendant ma chute, je ne pus qu'apercevoir que très vaguement mon agresseur, portant des jeans et une chemise à larges carreaux noirs et rouges. Malheureusement, je ne parvins pas à voir son visage, mais seulement le derrière d'une tête échevelée. De cheveux noirs.

Je ne pourrais dire combien de temps je suis resté sur le sol. Couché sur le côté, les bras croisés sur mon ventre qui me faisait assez mal pour me faire oublier ma coupure au visage. Les yeux grands ouverts, je cherchais désespérément à faire entrer de l'air dans mes poumons. Mais ma gorge semblait encore trop serrée pour respirer.

Je suppliais, dans ma tête, pour de l'aide qui ne venait pas.

J'étais seul et j'étais en train de mourir.

Je fermai les yeux, sentant que ma vue s'embrouillait de plus en plus.

Mes muscles se détendirent rapidement et, miraculeusement, je sentis une première bouffée d'air se frayer un chemin jusqu'à mes poumons.

Mon cerveau, incapable d'attendre davantage, éteignit la lumière et donna congé à mes capacités sensorielles.

Chapitre 11

Évidemment, Steph était en retard.

Je pris une autre gorgée de ma boisson gazeuse et fit un grand sourire à la serveuse, qui ne prit pas la peine de répondre et se dirigea vers une table un peu plus loin. Une des seules tables à être occupée en ce milieu de matinée, alors que la cohue des déjeuners avait laissé place à une surprenante tranquillité.

Le restaurant comptait une quinzaine de tables et devait pouvoir accommoder une soixantaine de clients, en comptant les places au comptoir.

J'étais assis sur une banquette en cuirette, au milieu d'une série de tables situées le long de la fenêtre. Les voitures défilaient inlassablement les unes après les autres, accompagnées d'un bruit assourdi par les vitres du restaurant.

Steph arriva enfin et se planta à côté de moi.

- Qu'est-ce qui t'es arrivé? Qu'est-ce que tu as?, me demanda un Steph un peu affolé.

Il faut dire que notre dernière conversation téléphonique n'avait rien de très rassurante pour lui. En résumé, je lui avais dit que je venais de me faire attaquer et qu'il fallait absolument que je le vois. Cette fois, contrairement à mon calme habituel, j'avais laissé transparaître un peu de nervosité, ce qui avait probablement indiqué à Steph que la situation était grave.

- Assieds-toi, demandais-je à Steph, qui se tenait immobile à côté de moi, les yeux rivés sur le pansement sur ma joue.

Steph se glissa sur la banquette en face de moi, sans quitter ma joue des yeux.

- Vas-y, ajouta-t-il. Raconte-moi ce qui t'es arrivé.

Je pris une profonde respiration et déplaçai mon verre de boisson gazeuse à ma droite, libérant la table devant nous.

- Je me suis fais attaquer, lui répondis-je, posant mes mains jointes sur la table vide devant moi.

- Je le vois bien, s'empressa de dire Steph, pointant ma joue de son index droit.

- C'est arrivé hier après-midi, à la bibliothèque.

- À la bibliothèque?

Je fis signe à Steph de ne pas parler si fort. Il jeta un bref coup d'œil aux quelques personnes qui nous entouraient et, apercevant deux des clients qui avaient les yeux rivés sur nous, décida de baisser le ton.

- À la bibliothèque?, répéta-t-il en chuchotant.
- Oui, dans le rayon des sciences de la nature.
- Qu'est-ce qu'ils t'ont fait?, ajouta Steph, le regard toujours fixé sur ma joue.

Je touchai le pansement de ma main droite avant de répondre.

- Il était seul.
- Quoi?
- J'ai été attaqué par une seule personne.
- Qui donc?
- Tu ne le croiras pas.
- Caroline?, demanda stupidement Steph.

Je lui fis une grimace.

- Non. Quelqu'un qui connaît Poupou.
- Poupou? Qu'est-ce que tu racontes?
- Tu sais bien, le chien de la famille Létourneau qui est enterré sur ton terrain.
- Poupou?...quel est le rapport avec ton agression.
- Le malade qui m'a attaqué m'a demandé de changer mon histoire…

Je pris à nouveau une gorgée de boisson gazeuse. La serveuse, ayant réalisé que je n'étais plus seul, vint prendre notre commande et retourna vers le comptoir.

- Quoi? Quelle histoire?
- L'histoire de comment on a retrouvé le collier du chien.
- Qu'est-ce que tu veux dire?
- Il m'a demandé de changer ma version des faits. Il veut que j'aille dire à la famille Létourneau que j'ai frappé Poupou avec ma voiture il y a de cela quelques mois et que, pris par les remords, je suis allé leur porter le collier en inventant l'histoire du terrain à Saint-Amour-de-la-Truite.

Steph recula sur la banquette et se passa la main dans les cheveux.

- Pourquoi?
- Je ne sais pas…mais je sais qu'il prend ça vraiment au sérieux, répondis-je, pointant la blessure sous mon œil.
- Comment est-ce qu'il t'a fait ça?

- Il m'a plaqué contre un rayon et c'est le coin d'un livre qui m'a coupé sous l'œil.

Steph fit une grimace de dégoût. Il avait peur du sang et des blessures en général. Je décidai donc de ne pas en ajouter davantage, même si c'est lui qui m'avait posé la question. Je me contentai de lui raconter comment mon agresseur m'avait surpris par derrière pour m'étrangler et me pousser contre le rayon, pour finalement m'abandonner par terre après m'avoir donné un bon coup de poing dans le ventre.

La serveuse arriva avec nos assiettes, remplit à nouveau mon verre de boisson gazeuse, et retourna à sa besogne.

- Et qu'est-ce que tu comptes faire?, me demanda Steph.
- J'ai déjà commencé à travailler sur ça, lui répondis-je.
- Qu'est-ce que tu veux dire?
- Je suis allé porter plainte à la police ce matin avec mon père.
- Vraiment?
- Oui, tu aurais dû voir mon père lorsque je suis revenu à la maison hier.

Steph me fit un sourire complice.

- Et qu'est-ce que les policiers t'ont dit?
- Pas grand-chose. Disons que j'ai été silencieux sur la demande de mon ravisseur.
- Est-ce que tu crois que ce pourrait être monsieur Létourneau?
- Je ne sais pas… D'après ce que j'ai vu, il n'avait pas vraiment la silhouette de l'homme apparaissant sur une photo chez les Létourneau. Il était beaucoup plus mince.
- Il a peut-être maigri…
- Oui, peut-être.
- Si c'était lui, les policiers auraient sûrement pu l'arrêter.
- Peut-être, mais je ne l'ai pratiquement pas vu. Je ne pense pas qu'ils auraient pu l'arrêter sans que je l'identifie.
- On ne sait jamais…
- C'est vrai, mais moi ce que je sais, c'est que si les policiers se rendent à la résidence des Létourneau et qu'ils n'arrêtent pas mon agresseur sur le champ, il y a de bonnes chances que j'arrête de respirer plus tôt que prévu.

Steph prit deux autres bouchées dans son sandwich et continua la conversion la bouche pleine.

- Donc, tu vas changer ton histoire?

- Oui, je n'ai pas vraiment le choix… lui répondis-je, prenant une grosse bouchée dans la pizza fumante qui se trouvait devant moi depuis quelques secondes.

- C'est quand même bizarre. Pourquoi est-ce que ce malade t'attaquerait simplement pour que tu changes une histoire aussi banale?, s'interrogea Steph, partageant son questionnement avec moi.

- Je pense que tu as ta réponse…c'est un malade.

Steph avala quelques gorgées de son verre d'eau, posa son sandwich devant lui et prit soin de s'essuyer les coins de la bouche avec sa serviette. Il se pencha vers moi.

- Et quand est-ce que tu vas retourner là-bas?

- Je n'y retourne pas, lui lançais-je sans hésitation.

- Qu'est-ce que tu veux dire?

- Je vais faire ça par téléphone. Pas question que je remette les pieds dans cette maison.

- J'avoue que c'est probablement mieux de cette façon. Quand est-ce que tu les appelles?

- Ce soir.

- Tu crois que tu pourrais reconnaître la voix de monsieur Létourneau, si c'est lui qui t'a attaqué?

- Sûrement…je ne pense pas oublier cette voix-là de sitôt.

- Et qu'est-ce que tu vas faire si c'est lui qui répond.

- Je vais lui dire que j'ai un message à faire à sa femme ou à sa fille… Au moins, il aura la preuve que je travaille sur ma condamnation.

Il était maintenant près de onze heures trente et les premiers clients du dîner avaient commencé à arriver. Steph avait presque terminé son sandwich et j'avais moi-même fait tout ce que je pouvais sur ma pizza, dont il restait une pointe intouchée.

- Quand est-ce que tu retournes travailler à la bibliothèque?, me demanda Steph.

- Demain, lui répondis-je. En fait, si j'écoutais mon père, je n'y retournerais jamais. Mais il faut bien que je gagne assez d'argent pour financer mes amis…

Steph me fit une grimace.

- Très drôle… Souviens-toi tout de même les cinquante dollars que je t'ai remis avec l'argent de notre dernier voyage.

- Oui, c'est un bon début…, lui répondis-je, conscient que je ne lui avais rien dit de ma généreuse récompense reçue de madame Létourneau.

- …Un bon début? C'est un très bon début, ajouta Steph. Tu devrais te compter chanceux d'avoir un ami fiable comme moi…

- …Ouais, ouais, c'est ça… En fait, parlant d'ami fiable, comment va notre ami Bill?

- Je ne sais pas. Il est parti une semaine après la fin de semaine dans les bois.

- Il est déménagé?

- Oui, c'est ce que ses colocataires m'ont dit.

- Où est-il allé?

- Aucune idée. Personne ne semble le savoir.

- Drôle d'histoire… Je l'imagine partir à l'aventure avec un baluchon suspendu au bout de sa hache.

- Oui, c'est probablement ça… Bon, je dois y aller, lança finalement Steph.

- Attends, j'y vais aussi.

Nous nous levâmes, payâmes notre repas respectif à la caissière qui affichait sa mauvaise humeur habituelle et sortîmes du restaurant.

- Où est-ce que tu vas?, demandais-je à Steph.

- Je m'en vais à la quincaillerie du coin, répondit Steph en pointant le commerce du doigt. Pourquoi?

- Rien…Je me demandais si tu ne voulais pas venir chez moi avant, lui dis-je.

- Pour faire quoi?

- Rien de spécial…seulement…

- …Seulement tu as peur que quelqu'un t'attende dans le tournant, me lança-t-il, le sourire aux lèvres.

Sourire qui disparu lorsque Steph s'aperçut qu'il avait deviné juste.

- D'accord, je vais y aller.

- Merci, lui lançais-je.

Jusqu'à ce moment, je pensais que seuls les gens importants avaient besoin d'une protection privée dans tous leurs déplacements. J'étais probablement l'exception qui venait confirmer la règle.

Je jetai un coup d'œil à l'arrière de nous, m'assurant que nous n'étions pas suivis, et nous nous dirigeâmes tous deux vers mon refuge.

Chapitre 12

Cela faisait maintenant près de vingt minutes que j'étais assis sur le bord de mon lit, regardant fixement le téléphone devant moi, comme hypnotisé par les chiffres qui s'y trouvaient. Dans ma main gauche, un morceau de papier froissé par la moiteur de ma peau affichait grossièrement un numéro de téléphone que je n'avais pas encore été en mesure de composer.

Depuis mon agression, ou plutôt depuis ma reprise de conscience ayant suivi mon agression, je n'avais cessé de penser à ce que j'allais dire à la famille Létourneau pour rendre mon histoire crédible. J'allais, bien sûr, suivre à la lettre le scénario proposé par mon agresseur. Pas question de me faire étrangler parce que je n'avais pas suivi les lignes directrices. Mais je devais tout de même m'assurer d'avoir une histoire crédible pour, justement, éviter de me faire chicaner pour ma mauvaise prestation. Je me devais d'être parfait dans mon interprétation.

Voilà donc que, trois mois plus tôt, j'avais renversé Poupou dans la rue. Il pleuvait et faisait noir et je n'avais vraiment pas vu le pauvre petit chien se précipiter devant ma voiture. J'avais bien sûr tenté de freiner, mais la chaussée détrempée était devenue très glissante et, des pneus trop usés n'aidant pas, je n'avais aucunement été en mesure d'arrêter à temps.

J'avais donc immobilisé ma voiture et avais constaté avec horreur le décès, sans doute instantané lors de l'impact, du pauvre canin. J'avais remarqué son collier et le lui avait enlevé, comme j'avais vu un soldat le faire dans un vieux film de guerre. J'avais enveloppé la pauvre bête dans une couverture et l'avais installée dans le coffre arrière de ma voiture. Je n'avais pas été en mesure de reprendre la route immédiatement, encore sous le choc, et avais dû attendre une bonne dizaine de minutes avant de quitter les lieux de l'accident. Tout ce dont je me souviens, c'est d'être resté figé devant le mouvement des essuie-glaces de ma voiture, qui repoussaient inlassablement la pluie qui s'abattait sur le pare-brise de ma voiture.

Ayant repris quelque peu mes esprits, je m'étais alors dit que je devais trouver une manière de me débarrasser du cadavre de Poupou. Je ne sais trop pourquoi, mais une force intérieure me poussait à agir ainsi. C'était plus fort que moi. En fait, j'imagine que je me voyais mal aller porter le chien chez ses propriétaires. J'avais déjà eu assez d'émotions comme ça et ne voulais surtout pas me faire accuser, par des gens que je ne connaissais pas, d'avoir anéanti leur fidèle compagnon. J'avais donc disposé du corps dans une quelconque poubelle commerciale située à l'arrière d'un restaurant rencontré sur mon chemin. J'avais conservé le collier, sans trop savoir pourquoi, et ce dernier était par la suite tombé sous le siège du côté passager.

Les semaines passèrent et, bien que je ne puisse complètement oublier ce qui s'était passé, je pensais de moins en moins souvent à l'accident. Jusqu'au jour où, il y a quelques semaines, j'avais fait un grand ménage de ma voiture et avais alors retrouvé le fameux collier de Poupou. La nuit de l'accident, à cause de la noirceur et de l'énervement, je n'avais pas remarqué le numéro de téléphone inscrit sur le morceau de cuir. Pensant que les maîtres de Poupou avaient sans doute terminé leur deuil, je me suis décidé à aller vous remettre le collier. J'ai bien sûr pris soin d'inventer une histoire qui allait m'éviter de prendre un quelconque blâme dans toute cette histoire. Un peu peureux, je l'avoue.

J'étais vraiment désolé d'avoir menti de la sorte et disons que des évènements récents m'avaient convaincu de vous dire la vérité. Voilà, j'étais vraiment désolé. Il fallait m'excuser. Je ne méritais pas de vivre. Fin de l'histoire.

Satisfait de la cohérence de mon récit, je me convainquis d'appeler chez les Létourneau.

Mon cœur augmenta la cadence de ses battements pendant que je composais le numéro de téléphone.

La sonnerie se fit entendre et, bien que je craignais les minutes qui allaient suivre, j'avais terriblement hâte d'en finir avec tout ça. Je pris une grande inspiration.

- Oui!, me répondit une voix grave, pas trop sympathique, au bout du fil.

Je sentis mon cerveau analyser la sonorité de ce que je venais d'entendre, tentant de faire un lien possible avec mon agression. Mais il ne parvenait pas à établir, hors de tout doute raisonnable, si la voix était celle de mon agresseur.

- Oui bonsoir, répliquais-je machinalement, pendant que mon cerveau était occupé à faire l'analyse. Est-ce que je suis bien chez la famille Létourneau?

- Oui...Qu'est-ce qu'il y a?, me demanda mon interlocuteur sur un ton méfiant, pressentant probablement la présence d'un vendeur quelconque qui tentait d'établir un lien de confiance avec un futur consommateur.

Cette fois, mon cerveau avait eu assez d'information pour conclure qu'il ne s'agissait pas de la voix qui m'avait fortement suggéré mon nouveau scénario. Ce qui me réconforta grandement et me permit d'enchaîner avec le reste de mon histoire.

- Eh bien…mon nom est Pierre-Alexandre Daigle-Morin et je suis allé chez vous il y a quelques jours remettre le collier de Poupou et…

- …Un instant, m'interrompit celui que je présumais être monsieur Létourneau. Qui m'apparut certes moins sympathique que l'impression qu'il donnait sur la photo que j'avais pu apercevoir lors de ma visite.

Je l'entendis appeler sa femme Louisette, lui disant que quelqu'un voulait lui parler. Cette brève interruption me permit de me concentrer à nouveau sur mon texte. Tout se déroulait bien jusqu'ici. En fait, c'est plutôt qu'il n'y avait pas eu de maladresse de commise, ce qui était déjà une petite victoire en soi.

- Oui bonsoir, finit par enchaîner madame Létourneau, sur un ton qui laissait transparaître un mélange de curiosité et d'inquiétude.

- Bonsoir madame Létourneau, répondis-je avec un ton poli et présentant un bel effort de confiance. C'est Pierre-Alexandre Daigle-Morin, celui qui vous a ramené le collier de votre chien il y a quelques jours.

Je pris une pause volontaire, attendant un signe affirmatif démontrant que madame Létourneau me reconnaissait. Signe qui vint après quelques secondes.

- Oui…?

- Je m'excuse de vous déranger, mais j'ai quelque chose à vous dire…concernant Poupou.

- Ah oui, répliqua-t-elle, laissant cette fois nettement dénoter une grande curiosité.

- En fait, je m'excuse encore une fois, enchaînais-je. Je ne voulais vraiment pas que ça se passe comme ça, croyez-moi.

Oui, il fallait me croire, ce n'était pas moi qui voulais que ça se déroule comme ça…

- Et je peux comprendre si vous pensez que je suis un sans cœur ou un abruti total. C'est probablement vrai…

Il y avait un long silence au bout du fil. J'avais réussi à capter l'attention de mon interlocutrice. J'allais donc passer en mode confession.

- Je dois vous avouer quelque chose, madame Létourneau, ajoutais-je sur un ton affichant le plus grand des remords.

- Oui?, finit-elle par dire à voix basse, après quelques secondes de silence.

- Je ne vous ai pas dit toute la vérité sur Poupou…

- Qu'est-ce que tu veux dire?, s'empressa une madame Létourneau ayant subitement abandonné son vouvoiement du début de notre conversation, signe qu'elle commençait probablement à perdre patience.

- Je veux dire que Poupou n'est pas mord la gorge tranchée…

- Quoi?

- Non. En fait, c'est moi qui ait frappé Poupou avec ma voiture il y a de cela quelques mois. Je n'ai pas eu le courage de vous le…

- Comment?, s'exclama madame Létourneau, d'un ton qui réussit à me convaincre que j'avais fait le bon choix d'annoncer la nouvelle au téléphone…

- Je…J'ai…

- C'est toi qui as tué Poupou?

Bon, voilà que je faisais face aux grandes accusations.

- Oui, confessais-je, mais c'était un accident, m'empressais-je d'ajouter.

- Comment…Qu'est-ce que…

De toute évidence, madame Létourneau avait un peu de difficulté à articuler sa pensée. De mon côté, je faisais preuve d'une bonne dose de patience, croyant à tort que le pire était derrière moi.

- Je m'excuse, ajoutais-je, ne sachant plus trop si je devais aller dans les détails de mon récit ou me contenter du simple résumé que je venais de lui servir.

- Tu t'excuses!, me lança froidement madame Létourneau. Tu t'excuses!, répéta-t-elle trois ou quatre fois, comme si elle essayait de se convaincre elle-même de ce qu'elle venait d'entendre.

Je décidai de me réfugier, pour un instant du moins, dans un silence protecteur, le temps que la madame se vide le cœur. Ce qu'elle fit avec beaucoup d'énergie.

- Est-ce que j'ai bien compris? Tu as le culot de venir me voir chez moi, me raconter comment tu as retrouvé le corps mutilé de mon pauvre Poupou alors que c'est TOI son assassin?

Les derniers mots furent un peu difficile à comprendre, ayant éloigné le combiné du téléphone pour épargner le pauvre tympan de mon oreille gauche de la performance de la voix aigüe de madame Létourneau. Celle qui m'accusait présentement d'être le plus grand criminel que la terre ait porté.

- Comment as-tu pu faire ça? Comment as-tu pu faire ça….? Salaud.

Voilà, le méchant était en train de sortir. Une bonne conversation thérapeutique comme on n'en faisait plus.

M'attendant à une pluie d'insultes, je maintins le combiné du téléphone à une distance sécuritaire de mes organes auditifs. Mais les insultes ne venant plus, je me permis de reprendre l'écoute de façon plus attentive. C'est alors que je m'aperçus que madame Létourneau avait abandonné notre conversation pour mieux éclater en sanglots.

J'entendis alors celui que j'imaginais être son mari s'approcher du téléphone.

- Qu'est-ce que vous avez dit à ma femme?, me demanda-t-il, ayant vraisemblablement abandonné l'idée de recevoir l'explication d'une madame Létourneau bouleversée.

Ce qui me confirma deux choses. Premièrement, j'avais maintenant officiellement affaire à Monsieur Létourneau. Deuxièmement, au ton de sa voix j'appris qu'il n'était pas de meilleure humeur que lorsqu'il avait répondu initialement.

Je repris alors ma position diplomatique.

- Je m'excuse.

- Qu'est-ce que vous avez fait à ma femme?, s'entêta-t-il de répondre.

- Je viens de lui apprendre la triste vérité sur Poupou, répondis-je.

- Quelle vérité?, me demanda-t-il, bien décidé de mettre toute cette histoire au clair.

Vérité, le mot était un peu fort, pensais-je. Disons plutôt que je me devais de leur apprendre une version différente des faits.

- La vérité, c'est que j'ai accidentellement frappé Poupou avec ma voiture... Il faisait sombre et il pleuvait et, vraiment, je n'ai…

- Ah, d'accord...c'est pour ça qu'elle est si bouleversée, me confia monsieur Létourneau, n'accordant vraisemblablement aucune importance à mon récit.

- Oui, c'est ça, répondis-je, légèrement déstabilisé.

Il y eut un silence, comme si nous cherchions tous les deux une façon convenable de mettre fin à la conversation.

- Bon...est-ce qu'il y a autre chose?, me demanda monsieur Létourneau.

Comment ça, autre chose?, me demandais-je. Je venais de replonger madame Létourneau dans une profonde tristesse et il me demandait si j'avais d'autres choses à dire. J'en avais assez fait comme ça, croyez-moi.

- Euh...non...vous direz à madame Létourneau et à Nadia que je suis désolé.

- Oui, je ferai le message...Je vous conseillerais, jeune homme, de ne plus rappeler ni entrer en contact avec ma famille.

- Bien sûr, conclus-je.

Croyez-moi, je n'avais pas nécessairement envie de revoir madame Létourneau. Surtout qu'elle allait probablement rêver qu'elle m'écorchait vif ou qu'elle m'étranglait lentement avec le collier de Poupou. Par contre, c'était dommage pour Nadia...

Mais j'étais en vie et mes chances de le demeurer venaient de grandement s'améliorer. Ce qui n'est jamais une mauvaise nouvelle en soi.

Je ne savais par contre trop comment mon agresseur, à moins d'avoir un lien quelconque avec les Létourneau, allait savoir que j'avais rempli mon engagement. Mais je me consolais en me disant qu'en n'ayant plus de contact avec cette famille, je n'aurais sûrement plus affaire avec mon agresseur. Raisonnement simpliste, je l'admets, mais il faut bien faire preuve d'un peu d'optimisme dans la vie.

Chapitre 13

Malgré les objections de mon père, j'avais regagné mon poste dangereux de bibliothécaire municipal, bien décidé à remplir mes fonctions jusqu'à la fin de l'été. Je n'étais pas du genre à me laisser gâcher la vie par des menaces proférées par un quelconque déséquilibré.

- Alors, qu'est-ce que j'ai manqué de bon?, demandais-je à Caroline le matin de mon retour.

- Eh bien, tu aurais dû voir ça! Depuis que tu as quitté la bibliothèque en ambulance, on est débordé par les demandes des usagers qui veulent savoir ce qui s'est passé et comment tu vas. Tiens, tu as d'ailleurs reçu quelques cartes de prompts rétablissements…

Caroline me tendit une dizaine de cartes qui se trouvaient jusque là à l'arrière du comptoir des prêts, attendant elles aussi mon retour avec grande impatience.

- Est-ce qu'il y a beaucoup de jeunes femmes qui ont pleuré en apprenant mon histoire?, lui demandais-je en souriant, jetant un coup d'œil sur les cartes reçues.

- Il y a effectivement plusieurs femmes qui ont éclaté en sanglots lorsque je leur ai raconté ta triste histoire. Je crois que la plus jeune avait probablement 90 ans…, me répondit Caroline en me faisant une grimace.

- Très drôle, lui dis-je, mimant un ricanement amer.

- C'est toi qui as commencé, Roméo! Tiens, il y avait également quelques messages téléphoniques, me lança Caroline en me remettant la pile de petits papiers roses.

- Merci, Caro…lui dis-je. Qu'est-ce que je ferais sans toi?

- Je ne sais pas. On te retrouverait probablement mort dans le fond d'un couloir de bibliothèque…

Le début d'un rire, pur réflexe de ma part, se changea soudain en un air sérieux.

- Oups…Je m'excuse. Mauvaise blague, me lança Caroline, se dépêchant à saisir le chariot de livres et à se diriger hors de ma vue.

Je passai en revue les quelques messages téléphoniques et notai que les ressources humaines voulaient me parler. Plus précisément la séduisante responsable des régimes d'assurance, des congés et autres bénéfices marginaux.

Je sentais que cette mésaventure n'allait pas qu'être négative, finalement.

- Excusez-moi, jeune homme. Je cherche un livre sur les champignons sauvages intitulé « Champignons : de la nature à l'assiette ». Il n'est pas sur la tablette. Est-ce que vous pourriez vérifier s'il est sorti?, me demanda une dame aux cheveux poivre et sel, des petites lunettes de lecture sur le bout du nez. Une dame que j'avais déjà vu se promener patiemment dans les rangées de livres auparavant, mais que je n'avais pas encore eu l'occasion, du moins à mon souvenir, de servir en personne.

- Bien sûr, avec plaisir, lui répondis-je, me dirigeant vers l'ordinateur situé à ma droite.

Qu'il était bon d'être à nouveau utile, pensais-je.

- Oui, effectivement, il est sorti jusqu'au 12 juillet, lui répondis-je après avoir consulté notre base de données. Par contre, je crois que nous avons quelques autres livres sur le sujet, poursuivis-je. Est-ce que vous voulez que je vous en donne la liste?, demandais-je à l'amatrice de champignons.

- En fait, j'ai déjà consulté ce livre et je voulais y retrouver une recette que j'ai malheureusement égarée, me confia-t-elle, enlevant ses lunettes pour, j'imagine, mieux me voir lui parler.

- J'espère que vos champignons seront encore bons le 12 juillet, lui lançais-je à la blague.

Voyant que la dame ne saisissait pas trop mon humour, je m'empressai de faire ce que je faisais toujours dans ce type de situation : me rattraper avec un excellent service aux usagers.

- Est-ce que vous voulez faire une réservation et qu'on vous appelle dès que le livre sera de retour?, lui offris-je. Il se pourrait qu'il revienne avant la date limite.

- Oh, ce serait bien gentil de votre part, me répondit la dame.

Je pris soigneusement en note son nom, Amélie Légaré, ainsi que son numéro de téléphone.

- Voilà, on vous appellera dès que le livre sera de retour madame Légaré, ajoutais-je, m'assurant d'en offrir davantage que ce que l'usager, dans ce cas-ci l'usagère, demande.

- Merci beaucoup, jeune homme…

Madame Légaré rangea ses lunettes dans son sac à main et continua sa phrase.

- C'est bien vous qui vous êtes fait attaquer dans la bibliothèque récemment?, me demanda-t-elle, pointant sous son œil, m'indiquant qu'elle avait bien remarqué mon pansement.

- Oui, effectivement, lui répondis-je. Mais ne soyez pas inquiète, ce n'était rien de grave, lui répondis-je, tentant de la rassurer.

- Oui, mais vous êtes chanceux d'être jeune, me lança-t-elle. Imaginez ce qui aurait pu se passer s'il s'en était pris à une femme de mon âge...

« Ne vous en faites pas, il n'y a aucun danger tant que vous ne déterrez pas de chien mort dans le fond des bois», pensais-je lui répondre. Ma réponse officielle fut par contre beaucoup plus professionnelle.

- Ne vous en faites pas, la bibliothèque est un endroit tout à fait sécuritaire, lui répondis-je avec le sourire.

Madame Légaré me fit un sourire, me faisant subtilement comprendre qu'elle se moquait bien de ce qui se passait dans cette bibliothèque parce qu'elle n'y passait pas ses grandes journées, et se dirigea vers la sortie.

Je me remis immédiatement au travail. Je répondis aux questions de deux autres usagers, en plus d'enregistrer quatre prêts de livres, incluant un renouvellement. Tout semblait donc vouloir rentrer dans l'ordre.

Caroline n'était pas revenue de son expédition avec le chariot de livres à replacer sur les tablettes. N'eut été qu'elle avait un historique de prendre beaucoup de temps pour accomplir cette tâche, de par son habitude de parler avec un peu tout le monde, j'aurais sans doute commencé à m'inquiéter un peu. Je me convainquis d'aller y jeter un coup d'œil si elle n'était pas de retour dans dix minutes.

En attendant, profitant d'une accalmie momentanée au comptoir des prêts, je commençai à regarder les cartes de prompts rétablissements qui avaient été laissées à mon attention.

- Est-ce que tu as reçu la mienne?, me souffla une voix douce, alors que j'étais concentré à lire des messages du genre « Reviens-nous en forme jeune homme » et « Il ne faudrait plus nous faire une peur pareille... ».

J'avais déjà entendu cette voix auparavant et, sans savoir pourquoi, un frisson me parcouru l'échine. J'en compris la raison en apercevant celle qui m'avait dit ces belles paroles. Il s'agissait, contre toute attente, de la jolie Nadia Létourneau. Elle portait une blouse rayée bleu et blanc qui s'harmonisait à merveille avec ses dents immaculées.

- Eh…Nadia…Non…en fait…pas encore, balbutiais-je, me rendant compte que ma capacité de parler intelligemment venait de s'évaporer.

- Est-ce que ça va?, me demanda-t-elle.

- Oui…je veux dire…je suis juste un peu surpris de te voir ici.

Elle me regarda comme si je venais de lui répondre en parlant un langage inuit disparu depuis quelques centaines d'années. Ce qui, pour être franc, ne m'aurait d'ailleurs pas vraiment surpris.

- … En fait…Je voulais dire, est-ce que ça va?, me redemanda-t-elle, éclaircissant l'objectif de sa question en pointant le dessous de son œil.

Une jolie femme n'était d'ailleurs jamais trop précise. Surtout lorsqu'elle parlait à un jeune homme dont le cerveau éprouvait momentanément de la difficulté à gérer l'afflux d'informations provenant de la vision d'une si grande beauté. Je me promis de noter ça quelque part pour référence future.

Les précisions me firent d'ailleurs prendre conscience que j'avais répondu stupidement à sa question. D'où l'importance d'être bien précis dans ce genre de situation.

- Ah, oui. En fait, je ne sens presque plus rien, lui dis-je pour lui démontrer qu'après tout, j'étais capable d'en prendre.

Je replaçais les cartes sur le comptoir de prêts et fit semblant de consulter la liste des livres en retard, me permettant de la quitter du regard.

Ces quelques secondes me permirent d'ailleurs de reprendre mes esprits, me rappelant soudainement que j'avais bien failli quitter ce merveilleux monde à cause de la folie d'un homme qui connaissait probablement sa famille. Je décidai donc de me montrer un peu moins enthousiaste de la voir me rendre visite.

- Et toi…qu'est-ce que tu fais ici?, lui demandais-je en la regardant à nouveau. Je veux dire, ton père t'a probablement fait le message…

Voilà qui était bien de reprendre le contrôle de son cerveau.

- Oui, me confia-t-elle, baissant le regard comme si c'était à son tour de se sentir mal à l'aise.

- Donc, tu sais que tout ça était de ma faute, lui lançais-je, reprenant mon personnage du plus grand coupable.

- Oui, bien sûr…, me souffla-t-elle en laissant présager qu'elle n'en était pas convaincue, évitant toujours mon regard en fixant le comptoir.

- Je veux dire…c'est moi qui ai tué votre chien, ajoutais-je pour m'assurer qu'il n'y avait pas de mauvaise compréhension de la part de mon public.

Une telle incompréhension pourrait d'ailleurs signifier la triste fin de ma brève carrière d'acteur…

Nadia releva la tête et me regarda dans les yeux.

- Je voudrais m'excuser pour la façon dont ma mère t'a parlé, me lança-t-elle

Bon, voila enfin quelqu'un qui semblait se préoccuper de mes sentiments.

- J'ai tout de même menti, ajoutais-je. Et j'ai tué votre chien.

- Je sais, répondit-elle. Mais ce n'est pas une raison pour ma mère de réagir ainsi, répliqua-t-elle. D'ailleurs, je…

- Oui…vas-y, continue.

- Je pense que c'est très courageux de ta part de dire la vérité et d'en accepter les conséquences.

Quel courage, effectivement. Si seulement elle savait que la source de mon courage était un gaillard qui n'avait pas peur de se salir les mains, je ne crois pas qu'elle m'accorderait beaucoup de mérite.

- De toute façon, comme je l'écrivais dans ma carte, j'aimerais bien qu'on se rencontre pour aller prendre un café…si ça t'intéresse.

Si ça m'intéresse? Comment pouvait-elle douter de mon intérêt. Elle m'aurait demandé de faire le chimpanzé sur le comptoir de retour de livres en hurlant que j'aimais les bananes que j'aurais probablement gagné un prix d'interprétation animale.

Et où se trouvait cette fameuse carte?, pensais-je en passant en revue les carte reçues.

- Eh…bien sûr, répondis-je en tentant de retenir mon empressement. Sauf que ton père m'a fortement suggéré de ne pas te revoir, ajoutais-je en songeant à mon avenir, et je…

- Mon père n'a pas à décider avec qui je vais prendre un café, lança-t-elle sèchement.

Évidemment, c'est toujours plus facile d'être intransigeant quand personne ne nous tient à la gorge.

- C'est qu'il a pas mal insisté et je ne voudrais surtout pas…tentais-je d'ajouter.

- Tu peux me le dire, si tu ne veux pas me revoir, me lança-t-elle sur un ton qui me fit chavirer le cœur.

- Non, non, m'empressais-je de répondre, un peu surpris d'ailleurs par ma vitesse d'élocution. Je veux dire, je ne veux pas t'attirer d'ennui, mais si tu es consciente que ton père risque de te priver de dessert pour un bon deux mois s'il me voit à tes côtés, ça me ferait plaisir d'accepter ton invitation.

Nadia retrouva son joli sourire et laissa même échapper un petit rire timide.

- Alors, quand est-ce que tu serais disponible?, me demanda-t-elle.

J'eus envie de répondre « Je suis disponible depuis les cinq dernières minutes », mais mon sens des responsabilités me força à remettre le rendez-vous à plus tard en soirée.

- Très bien, me lança-t-elle. On se retrouve donc au Café de la Place sur la rue de la Monnaie, à 20 heures, pour un café… mais aussi pour un dessert, au cas où ce serait mon dernier dessert pour les deux prochains mois…, me lança une Nadia moqueuse.

- Parfait, lui répondis-je, bien heureux du déroulement des événements. Et merci pour la carte…

Si au moins je pouvais retrouver cette fameuse carte.

Je ne me souviens pas exactement combien de temps je restai la bouche ouverte, le regard perdu dans ce qui fut jadis la trajectoire de Nadia quittant la bibliothèque. Caroline me ramena à la réalité.

- Est-ce que tu es correct?, me demanda-t-elle, passant sa main devant mes yeux.

- Je…

Où étais-je?

- …Oui…

Ah oui, à la bibliothèque.

- …Oui, je vais bien, merci, finis-je par dire.

- Tu as l'air un peu bizarre, me lança Caroline.

- Non…enfin…ce doit être des séquelles de l'accident, lui répondis-je.

C'était la seule raison, aussi peu intelligente fut-elle, qui me vint à l'esprit. Qui n'était tout de même pas si mal, il fallait bien l'avouer.

- Parlant de séquelles, je pense qu'il y en a quelques-unes qui attendent que tu les serves, me chuchota Caroline, pointant des yeux la file d'attente au comptoir des prêts.

- J'y vais, me dépêchais-je de lui répondre, encore un peu confus par la rencontre inattendue de Nadia.

Je regagnai quelque peu mes esprits et fut en mesure d'offrir un service hors pair à une clientèle étonnement très attentionnée à mon égard. Je pris la décision de ne pas enlever mon pansement sur la joue trop rapidement, question de profiter de la sympathie du public le plus longtemps possible.

Il fallait bien aller chercher un peu de positif dans cette histoire...

Chapitre 14

Il était dix-neuf heures quarante-cinq et je me tenais déjà devant le Café de la Place. Celui qui se trouve sur la rue Monnaie, bien sûr.

J'avais gardé mon pantalon beige que je portais pour le travail plus tôt dans la journée, mais pris soin de remplacer mon polo rouge, un peu trop voyant à mon goût, par une chemise bleue à manches courtes.

Je mâchais présentement mon deuxième carré de gomme et étais convaincu que les plombages sur mes molaires droites étaient imbibés d'une jolie odeur de menthe.

Je regardai à nouveau ma montre et fut de nouveau déçu de constater que moins d'une minute s'était écoulée depuis ma dernière lecture. Avoir eu un sablier sous la main, j'aurais crû bon vérifier s'il n'y avait pas un énorme caillou qui empêchait le sable de tomber. Mais à l'époque des montres sophistiquées, les chances d'avoir un caillou qui bloquait la trotteuse étaient plutôt minces. D'autant plus que la pile de ma montre avait été remplacée il y avait moins d'un mois.

Il était donc dix-neuf heures quarante-six et je me tenais déjà devant le Café de la Place.

Le malheur lorsque le temps défile aussi lentement, c'est que cela donne le temps de réfléchir et de semer un grand champ de doute.

Pourquoi est-ce que Nadia éprouvait tellement de compassion pour un gars comme moi qui, après être allé redonner un collier de chien et empocher cent dollars, avait avoué avoir tué la pauvre bête? Sans rembourser le cent dollars, par ailleurs. Mais je comptais bien remettre l'argent à Nadia pour effacer ma dette envers sa famille. J'appréciais la récompense, mais n'étais tout de même pas un arnaqueur.

Quel intérêt avait donc Nadia pour moi? Je ne croyais pas être suffisamment séduisant pour avoir réussi à capturer son cœur en si peu de temps. Et même mon sens de l'humour, qui n'était d'ailleurs pas apprécié par tous, ne justifiait pas une telle attention envers moi.

Je ne devais donc pas céder trop tôt aux sentiments que j'éprouvais pour Nadia. Je devais me méfier et rester sur mes gardes, pensais-je en pressant le pansement sous mon œil. D'autant plus que son sympathique de père n'aimerait sans doute pas savoir que je fréquente sa fille. Et que dire de sa mère, qui ne serait sans doute pas malheureuse de me voir écrasé par un rouleau compresseur.

C'est donc dans ce joli esprit de méfiance et de questionnement que je vis Nadia apparaître devant moi.

Elle était magnifique.

Elle portait la même blouse bleue et blanche que lors de sa visite à la bibliothèque, mais dégageait en plus un subtil parfum de vanille que je n'avais pas distingué plus tôt dans la journée. Ce qui signifiait soit que j'avais perdu et retrouvé mon odorat depuis cet après-midi, ou que Nadia avait coquettement ajouté un petit quelque chose pour notre rencontre. Je préférais de beaucoup la deuxième option. Parce que je n'avais pas l'habitude de perdre mon odorat…

- Salut! me lança-t-elle en arrivant devant moi, comme une bouffée de fraîcheur qui se retrouve en face d'un homme qui a été enfermé toute sa vie dans une mine de charbon.

- Salut, lui répliquais-je. Tu es…Tu es un peu en avance, me contentais-je de dire, retenant mes compliments sur son apparence pour une autre occasion.

- Est-ce que ça fait longtemps que tu attends?, me demanda-t-elle sur un ton qui laissait croire qu'elle se sentirait mal à l'aise de m'avoir fait attendre.

- Non, non. J'étais juste un peu en avance aussi, répliquais-je, ne voulant pas que ma remarque soit perçue comme une accusation.

Le Café de la Place était très animé l'été, avec sa terrasse où se trouvaient des groupes d'amis et des couples venus y passer du bon temps. Et parfois de jeunes gens qui n'étaient pas encore en couple mais qui espéraient y amorcer une belle relation.

- Est-ce que tu veux t'asseoir à l'extérieur?, me demanda Nadia en me pointant la terrasse à l'avant du café.

- Je crois qu'on serait mieux à l'intérieur, lançais-je, la terrasse semble être pas mal occupée.

Et que c'est beaucoup plus facile d'être repérés par un paternel déambulant par hasard sur le trottoir, pensais-je.

- D'accord, répondit Nadia. Effectivement, je ne pense pas qu'on aura de la place dehors. Et on pourra être plus tranquilles à l'intérieur, ajouta-t-elle.

- Alors, allons-y pour la tranquillité, lançais-je, bien heureux que nous ne nous exposions pas trop.

Nous nous installâmes ainsi au deuxième étage du café, avec une vue sur la terrasse, et commandâmes notre café et un dessert. En fait, nous nous étions entendus pour partager une pointe de tarte à la rhubarbe. Beaucoup plus santé que de se goinfrer d'un gros morceau de gâteau au chocolat selon Nadia, et j'avais répondu que j'étais bien d'accord pour rallonger mon espérance de vie de quelques heures.

- Alors, comment va ta blessure?, me demanda Nadia, pointant mon pansement sous l'œil?

- Ça va, répondis-je l'air confiant. Je devrais être en mesure de sourire à environ 90% jusqu'aux oreilles d'ici quelques semaines, ajoutais-je. Mais je vais devoir suivre d'intenses séances de réadaptation.

Nadia sourit, sachant que ce que je disais n'était que pour la faire rire.

- Et j'imagine que tu devras subir une greffe de peau pour limiter l'ampleur des cicatrices, ajouta-t-elle sourire en coin.

Je souris à mon tour et pris quelques secondes avant de répondre.

- Oui, et c'est ce qui me fait le plus peur, ajoutais-je. Ils doivent aller prendre de la peau sur ma fesse gauche et il se pourrait que je ne puisse pas m'asseoir pour un bon deux semaines à cause de ça.

Nadia ria et jeta un coup d'œil sur la terrasse du café.

- Dans ce cas, on devra peut-être aller marcher la prochaine fois qu'on se reverra.

Et voilà qu'il y avait déjà une prochaine fois. Il y avait vraiment quelque chose de bizarre qui se produisait.

La serveuse arriva avec nos cafés et la pointe de tarte, et nous donna chacun une fourchette.

- Bon appétit, me lança Nadia.

- Bon appétit, répondis-je.

Nos fourchettes s'enfoncèrent dans la pointe de tarte d'un mouvement quasi-synchronisé et je parvins à en ressortir avec une plus grosse bouchée que ma partenaire de dessert.

- Pas si vite, me lança-t-elle. Ne mange pas tout d'une bouchée.

- C'est pour ta santé, lui répliquais-je. Je fais ça pour ton bien.

Nadia sourit et se précipita pour s'assurer une seconde bouchée plus généreuse.

Il ne fallut que quelques secondes pour que la pointe de tarte disparaisse, victime de notre guerre de fourchettes.

- Est-ce que je peux te poser une question?, me demanda Nadia.

- Tu peux me poser toutes les questions que tu veux, répondis-je d'un ton confiant. Mais peut-être que je n'aurai pas la réponse, ajoutais-je.

Nadia prit une gorgée de café et je fis de même.

- Lorsque tu es venu à la maison pour raconter ton histoire, tu as dit que tu avais trouvé le collier sur une terre à bois, dit-elle avant de reprendre une autre gorgée.

- Effectivement, c'est ce que j'ai dit, répondis-je prudemment.

Ce qui importait, c'était de ne pas compromettre ma nouvelle explication sur la mort de Poupou. Pour l'instant, tout allait bien.

- Eh bien, même si en réalité tu n'as pas trouvé de collier, est-ce que tu avais vraiment été sur cette terre à bois?, me demanda-t-elle.

C'était une question somme toute assez bizarre.

- Oui, avec mon ami Steph et un de ses voisins, lui répondis-je.

Je répondais avec autant d'assurance que je le pouvais. Comme un présumé criminel qui se retrouve branché à un détecteur de mensonges et qui doit répondre aux questions qui lui sont posées.

- Est-ce que tu penses que ton ami pourrait m'amener visiter cette terre à bois?, me demanda-t-elle alors.

Visiter la terre à bois de Steph? On était vraiment dans la catégorie des questions bizarres.

Évidemment, je voyais clair dans son jeu.

Elle voulait aller voir si, par hasard, elle ne tomberait pas sur la tombe d'un chien. Ce qui viendrait bien sûr prouver que j'étais un menteur. Un menteur qui n'avait pas réellement tué son chien.

- Tu m'avais demandé si tu pouvais me poser une question, lui lançais-je. Malheureusement, tu es maintenant rendue à une deuxième question…, lui dis-je sourire en coin.

En fait, j'essayais de gagner un peu de temps pour permettre à mon cerveau d'analyser toutes les pièces du jeu avant de jouer mon prochain coup. En essayant d'éviter de me retrouver en situation d'échec et mat!

- Tu avais dit que je pouvais te poser autant de questions que je voulais, me répondit-elle en souriant à son tour.

- Oui, tu as raison, lui répondis-je.

Quelles étaient mes options présentement? Je pouvais bien sûr lui refuser de demander à Steph de lui faire visiter sa terre à bois. Mais elle semblait être une jeune femme assez déterminée. Il lui suffisait de me fréquenter assez longtemps pour que je lui présente Steph et elle ne se gênerait sans doute pas pour lui demander de lui faire visiter son terrain. J'étais convaincu que Steph se ferait d'ailleurs un immense plaisir de lui servir de guide touristique.

Je pris une gorgée de café.

J'étais maintenant convaincu que Nadia réussirait, d'une façon ou d'une autre, à se rendre sur place. Mais il lui resterait alors à retrouver l'endroit où Poupou avait été enterré. Ce qui ne serait sans doute pas évident, puisque j'avais détruit la croix en bois qui s'y trouvait. Nous avions également remis la terre en place. La nature étant ce qu'elle est, je ne serais pas surpris de constater que la végétation aurait rapidement repris sa place sur l'endroit où Poupou était enterré.

J'en déduisis donc qu'il vaudrait mieux que je me propose à l'accompagner. Je savais qu'un tel voyage comportait son lot de dangers, surtout du fait que son père m'avait clairement demandé de ne plus revoir sa fille. Mais ce voyage me permettrait sans doute de solidifier ma deuxième version des faits. En l'accompagnant, je pourrais mieux contrôler ses allées et venues. Et m'assurer qu'elle ne puisse pas retrouver l'endroit exact où se trouvait Poupou. Et m'assurer que Nadia ne passe pas un bon moment avec un autre jeune homme.

- J'ai une meilleure idée, lui lançais-je avec un enthousiasme contrôlé.

- Ah oui, qu'est ce que c'est?, me demanda-t-elle, semblant curieuse de savoir ce que j'avais de si intéressant à lui offrir.

- Je pourrais te montrer moi-même cet endroit magnifique, lui proposais-je.

Nadia ne sembla pas trop étonnée par ma proposition.

- En fait, ce serait bien gentil de ta part, me répondit-elle.

Je pris une autre gorgée de café.

- Et qu'est-ce qui te motive à aller visiter un endroit peuplé de moustiques géants et de loups affamés?, lui demandais-je.

Elle prit à son tour une gorgée de café.

- Je ne pense pas que tu m'ais demandé la permission de me poser des questions, me lança-t-elle, tentant de masquer un joli sourire.

- Ah, c'est vrai, lui répondis-je. Je retire ma question, ajoutais-je.

Le couple assis à la table à côté de nous se leva, s'embrassa et quitta le café. Nadia et moi les regardâmes s'éloigner, sans parler.

La place fut rapidement reprise par un autre couple.

- Je me demande tout de même pourquoi tu voudrais visiter cette terre à bois, dis-je à Nadia, tentant d'en savoir plus sans vraiment poser de question.

Nadia m'observa un moment. J'imagine qu'elle cherchait une réplique qui lui permettrait de se sortir élégamment de cet interrogatoire indirect.

- Disons que je me suis découvert récemment un goût de découvrir la nature, me répondit-elle, sans grande conviction. Mon père a vendu notre chalet il y a deux ans et je m'ennuie de respirer l'air pur, ajouta-t-elle. J'aimerais bien aller voir cet endroit magnifique dont tu m'as parlé l'autre jour.

- ...et en profiter pour aller faire certaines vérifications, je présume, ajoutais-je.

Elle détourna le regard quelques instants et ces yeux brillants fixèrent à nouveau les miens.

- Pour être honnête, je ne sais plus vraiment ce que je devrais croire, me lança-t-elle.

- Qu'est-ce que tu veux dire?, lui demandais-je, me doutant que ma crédibilité était mise en question.

Je sentais que je marchais sur un terrain très accidenté. D'un côté, je ne voulais surtout pas décevoir cette jolie Nadia, qui faisait augmenter mes pulsations cardiaques à chaque regard. D'un autre côté, je ne devais pas risquer de me démasquer et avouer que je n'avais pas tué ce malheureux Poupou.

- Eh bien, tu nous as dit que tu avais renversé Poupou un soir de pluie, n'est-ce pas?

- Oui, effectivement, me contentais-je de répondre.

- En fait, Poupou est disparu un 30 avril ensoleillé, me dit-elle.

Nadia prenait soin de bien prononcer chaque mot, comme si elle voulait que je porte attention à chaque détail de son récit. Ce qui fonctionnait très bien, car je dégustais littéralement chaque mot qui sortait de sa bouche.

- Je me suis inquiétée pour lui parce que je savais qu'il n'aimait pas être dehors lorsqu'il y avait de l'orage, continua-t-elle. Or, il n'y a pas eu de forte pluie avant le 12 mai. Et tu nous racontes que tu as frappé Poupou lors d'un déluge. Ça me semble une longue période pour un petit chien tout mignon qui avait un collier au cou, me lança-t-elle.

Je ne savais pas si ces propos étaient vrais. Peut-être voulait-elle seulement voir ma réaction. Voir si j'allais craquer devant une telle affirmation.

Je fis donc ce que tout bon menteur devait faire dans une telle situation, c'est-à-dire maintenir le même discours.

- C'est possible, lui dis-je. Je sais que je ne pourrai rien te dire qui pourra te convaincre que je dis la vérité en disant que j'ai frappé Poupou en voiture un soir de pluie.

- Tu continues donc de maintenir ta deuxième version des faits?, me lança-t-elle.

Je ne pouvais tout de même pas changer de discours une nouvelle fois, pensais-je. Mon assaillant avait été assez convaincant pour que je demeure un meurtrier de chien.

- Oui, je garde la même version des faits, lui répondis-je, essayant d'y mettre toute la confiance qui m'habitait.

- D'accord, me répondit Nadia. Tu ne devrais donc rien avoir à craindre si je vais sur cette terre à bois, ajouta-t-elle.

- Effectivement, je n'ai rien à craindre…à part d'être attaqué par un ours, lui lançais-je.

Ma dernière réplique avait pour objectif de détendre l'atmosphère. Elle eut, par contre, l'effet inverse. Disons tout simplement qu'une possible attaque d'un mammifère poilu avec de longues dents pointues ne semblait pas décrocher de sourire à Nadia.

- Tu as vu des ours lors de ta dernière visite?, me demanda-t-elle, tentant maladroitement de dissimuler son inquiétude.

- Non, pas du tout, lui dis-je pour la rassurer. Et puis, il y a un petit camp sur la terre qui nous protègera de toute attaque possible, ajoutais-je, tentant de paraître convaincu que le vétuste camp pourrait effectivement résister à une attaque en règle d'une armée d'oursons affamés.

Mes propos semblèrent rassurer Nadia et nous eûmes tôt fait de changer de sujet.

Quoi de mieux que de parler de la température pour se trouver des points communs. Surtout lorsque les deux personnes vivent dans la même ville et subissent la même canicule. Ce qui permet de faire des comparaisons afin de trouver qui mérite vraiment de se plaindre d'avoir trop chaud…

Notre conversation se déroulait très bien et je sentais que Nadia s'intéressait vraiment à ce que je disais. Non seulement je sentais que j'étais l'être humain qui l'intéressait le plus au cours de cette magnifique soirée, mais je savourais déjà l'idée de pouvoir me rendre avec elle sur la terre de Steph.

Nous avions tout juste épuisé le sujet de la météo que Nadia jeta un coup d'œil sur sa montre.

- Je dois vraiment y aller, me lança-t-elle, semblant désolée de me laisser tomber ainsi.

- Oui…il n'y a pas de problème, lui répondis-je, ne voulant surtout pas lui faire sentir que cela me dérangeait.

En fait, j'aurais bien accepté de passer le reste de ma vie assis à discuter avec Nadia tout en mangeant des tartes à la rhubarbe, mais je savais très bien que ce n'était pas possible.

Nadia fit donc un joli sourire à la serveuse qui nous avait apporté notre tarte et nos cafés et lui fit un signe pour recevoir une seule facture.

- Je vais payer, me dépêchais-je à lancer, comme si le premier qui parlait allait gagner la course à la facture.

- Non, j'insiste, me répondit-elle. Tu te rappelles que je voulais me faire pardonner le comportement de ma mère, ajouta-t-elle en guise d'argument massue.

- Je sais, et j'apprécie beaucoup, répondis-je. Mais je me sens mal à l'aise d'avoir accepté l'argent de la récompense, lui dis-je, mettant la main dans ma poche avant pour aller y chercher les cent dollars qui s'y trouvaient.

- Tu as bien ramené le collier de Poupou, n'est-ce pas?, me demanda-t-elle.

- Oui, mais je ne pense pas mériter cet argent, ajoutais-je.

- Il est à toi, s'empressa-t-elle d'ajouter, me lançant un joli sourire qui me déstabilisa légèrement.

Nadia profita de mes quelques secondes d'absence, le cœur flottant sur un petit nuage rose, pour saisir la facture et remettre l'argent à la serveuse.

Cette Nadia semblait être en mesure d'obtenir ce qu'elle désirait, pensais-je.

Nous nous levâmes donc et nous dirigeâmes vers la sortie, laissant un sourire en guise de remerciement à tous les employés du café qui se trouvaient sur notre chemin.

- Je peux te raccompagner quelque part?, lui demandais-je.

- Non, merci, me répondit-elle.

J'aurais bien aimé marcher à ses côtés pendant encore un instant, mais je n'allais tout de même pas m'imposer.

Au fait, après ce que j'avais vécu comme traumatisme, c'est peut-être elle qui aurait dû offrir de me raccompagner.

Je ne savais pas trop comment terminer cette soirée. J'hésitais entre un doux baiser sur la joue, une poignée de main ou une danse de la pluie.

Je n'avais pas encore totalement écarté l'idée de la danse de la pluie que Nadia se remit soudainement à discuter de notre prochaine visite dans les bois.

- Tu as une voiture?, me demanda-t-elle.

- Oui, bien sûr, lui répondis-je, imaginant déjà sa déception lorsqu'elle apercevrait la boîte à savon qui me servait d'automobile.

- Est-ce que tu serais disponible cette fin de semaine?, me demanda-t-elle en souriant.

En fait, j'avais prévu aller rendre visite à ma grand-mère avec mes parents. Question de la désennuyer. Mais je devais avouer que lui raconter mon périple dans les bois avec la jolie Nadia allait sans doute la désennuyer davantage lors de ma prochaine visite.

- Oui, je pourrais m'arranger, lui répondis-je en souriant à mon tour.

Je ne savais trop pourquoi, mais j'avais l'impression de rendre un grand service à Nadia. Et qu'elle m'en serait sans doute très reconnaissante.

- Je t'appellerai vendredi soir, me dit-elle.

- D'accord, lui répondis-je, ne sachant pas trop comment elle allait me rejoindre sans que je lui donne mon numéro de téléphone.

Je finis par me rassurer sur ce point en me disant, une nouvelle fois, que si une de ses connaissances avait réussi à me retrouver dans un sombre couloir de la bibliothèque, elle serait sans doute en mesure de trouver mon numéro de téléphone. Ce qui n'avait rien de rassurant comme pensée, à bien y réfléchir.

Nous partîmes donc chacun de notre côté et je dus faire des efforts énormes pour ne pas me retourner pour la regarder. En fait, j'espérais vraiment qu'elle se retourne et qu'elle m'aperçoive, m'éloignant sans aucune hésitation.

Je disparus dans la pénombre de la nuit, repassant dans me tête chaque mot que nous avions échangé, comme pour prolonger ce moment magique que je venais de vivre. Je respirais profondément l'air qui m'entourait et n'aurais pas été surpris de m'envoler, tel un ballon soufflé à l'air chaud, me sentant d'une grande légèreté.

Chapitre 15

- Tu es quand même un gars chanceux, me lança Steph en se glissant à nouveau sous mon automobile, cette fois armé d'une clé à molette supplémentaire.

- Qu'est-ce que tu veux dire?

J'entendis le bruit de la clé à molette cognant à petits coups sur une quelconque pièce de métal, suivi d'un juron de la part de Steph, avant de le voir s'extirper de sous l'automobile, le visage taché d'un peu de graisse.

- Eh bien, tu vas passer une fin de semaine avec cette jeune femme dans un lieu des plus romantiques, me répondit Steph, un sourire en coin, pendant qu'il fouillait à nouveau dans son coffre à outils désordonné. Un lieu romantique qui n'est même pas à toi, ajouta-t-il.

Steph finit par trouver ce qu'il cherchait et jeta un regard vers moi, s'attendant sans doute à une certaine réaction enflammée de ma part. Mais ma réaction était des plus calmes. Comme à l'habitude.

- Peut-être, pris-je un certain temps avant de répondre. Tu n'avais qu'à aller lui remettre le collier et ce serait toi qui retournerais là-bas.

- Comme si j'avais le temps d'aller remettre un collier à ces gens-là, me répondit-il, semblant visiblement à court d'arguments.

Probablement frustré, Steph se pencha maintenant sous le capot. Après quelques secondes d'observation, ses mains disparurent quelque part près du moteur alors que son visage exprimait la difficulté de ses efforts. Comme s'il tentait de s'étirer les bras assez loin pour aller toucher la plaque d'immatriculation à l'arrière de ma voiture.

- Tu es pas mal beau à voir, lui lançais-je en m'approchant de lui.

Il retira ses mains du moteur et me lança un regard réprobateur.

- Tu veux peut-être la réparer toi-même, me dit-il, me tendant l'outil qu'il tenait à la main.

- Bien non, c'était juste une farce, m'empressais-je de lui répondre. Tu sais bien que je ne connais rien à la mécanique, le complimentais-je indirectement.

En fait, j'en connaissais assez pour savoir qu'il n'est pas normal que le moteur s'emballe pendant que le conducteur n'appuie pas sur l'accélérateur. Ce qui risque d'ailleurs de provoquer un moment de panique chez le conducteur. Surtout lorsque ce dernier se remet tranquillement d'une agression qui aurait pu lui coûter la vie. Quelqu'un qui a survécu à une telle épreuve ne méritait pas de mourir quelques jours plus tard d'un bête accident de voiture.

- Alors, considère-toi chanceux, me lança Steph avant de retourner faire je ne sais trop quoi sous le capot.

Je jetai un coup d'œil sur ma voiture et ne pus, une fois de plus, m'empêcher de penser à ce que Nadia dirait en la voyant. Cette bonne vieille automobile, autrefois principal moyen de déplacement de ma famille pendant près de dix ans, était ensuite devenue une simple voiture secondaire. Pour ensuite devenir la voiture officielle de mes déplacements.

Elle en avait vu de toutes les couleurs durant ces années. Elle nous avait amené faire le tour de la Gaspésie en plein mois de juillet, avait bravé les pires tempêtes de l'hiver, survécu à la chute d'une branche d'arbre et gardé quelques séquelles d'un récent accrochage avec un camion de livraison. Bien que son design datait d'une époque où élégance automobile se traduisait par des angles droits et se mesurait à la longueur du véhicule, elle ne s'en laissait pas imposer par les plus jeunes. Il faut dire qu'un moteur aussi gourmand que polluant ne passait pas inaperçu.

Elle avait d'ailleurs certaines caractéristiques inédites pour une voiture de son âge, qui m'avaient beaucoup amusé lors de ma jeunesse.

Par exemple, il y avait un compartiment caché à l'arrière du coffre à gants. Il fallait pousser tout au fond du compartiment et cela faisait pivoter une pièce de plastique, qui nous permettait de découvrir cet emplacement secret. Un emplacement secret qui avait d'ailleurs déjà abrité ma collection de vers de terre. Ce que n'avaient pas apprécié mes parents.

Aussi, le bris d'une pièce de métal faisait en sorte que le dossier du siège arrière avait tendance à se rabaisser en cas de freinage trop brusque. Cela permettait d'avoir accès au contenu du coffre à partir de l'intérieur de l'automobile, ce qui me fit beaucoup rire lorsque, enfant, je vis le phénomène pour la première fois, assis sur le siège avant, alors que mon père se demandait ce qui se passait. Mais mon père avait vite pris soin d'attacher le dossier avec un peu de corde pour éviter tout déplacement involontaire.

- Oui, je suis très chanceux, finis-je par admettre. Surtout chanceux que tu sois là pour t'occuper de « Citrouille ».

Citrouille était le gentil surnom que je donnais à ma voiture. Non pas parce qu'elle se transformait en magnifique carrosse suite aux formules magiques d'une gentille fée marraine, mais plutôt pour tenir compte des taches d'une jolie couleur orange qui remplaçaient peu à peu sa peinture…

- Tu es surtout chanceux qu'on ne t'oblige pas à retirer ce bazou de la route, me répondit méchamment Steph, visiblement jaloux. Je suis d'ailleurs surpris que les gens de Greenpeace ne viennent pas manifester devant chez toi.

Effectivement, l'impact de Citrouille sur l'environnement n'avait sûrement rien de positif. Mais il faut dire que je limitais au minimum mes déplacements et que j'étais un fidèle utilisateur du transport en commun. Ce qui, à mon avis, compensait bien pour le reste.

- Je pense que j'ai fait ce que je pouvais, m'avoua Steph, se passant l'avant-bras droit sur le front, y étendant une couche supplémentaire de graisse.

- Est-ce que tu penses qu'elle sera assez en forme pour le voyage?

Steph me jeta un regard incrédule.

- Cette voiture devrait être morte depuis plusieurs années, me lança-t-il. Je ne peux rien garantir…

Steph avait l'étoffe d'un vrai garagiste.

- Et pour le moteur qui s'emballe?, demandais-je, décidant d'être plus précis dans ma requête.

- Comme je te disais, il faudrait sûrement que tu le laisses se réchauffer quelques minutes avant de prendre la route…

- …En plein été?

- Oui, en plein été. C'est le seul conseil que je peux te donner.

Il est vrai que le moteur faisait habituellement un drôle de bruit durant les premières secondes d'opération. Et que le moteur s'était emballé dès mon départ.

- Bon, je te remercie.

- Vraiment, ce n'était pas grand-chose.

Steph semblait satisfait de son travail. Il contempla Citrouille pendant quelques secondes.

- Tu es conscient que Nadia ne voudra peut-être pas aller au terrain dans une telle voiture?, me demanda-t-il.

- Bien voyons, elle n'est pas comme ça, répondis-je, sachant très bien qu'il y avait une possibilité que cela se produise.

Par contre, j'étais convaincu que Citrouille serait en mesure de faire le trajet. Et même plus d'une fois, si nécessaire.

- Tu devrais peut-être la laver, me suggéra-t-il.

- Je ne crois pas…ça fait trop paraître ses défauts…

- Parce qu'elle est pire que ça quand elle est propre?

- Oui…non…enfin…Au moins, la saleté cache quelques défauts.

Steph partit, l'air découragé, prenant soin de me donner une petite tape d'encouragement sur l'épaule gauche. Ce qui me permit d'accueillir un peu de graisse sur mon vieux T-Shirt, démontrant que j'avais tout de même participé à l'opération.

Chapitre 16

Je jetai un coup d'œil dans le rétroviseur, m'assurant que tout était tel que prévu.

Je replaçai quelques cheveux d'un geste délicat de la main droite et essuyai quelques petites gouttes de sueur qui commençaient à se manifester près de mes tempes.

Cette même main droite se dirigea vers le coffre à gants, pendant que je me concentrais à nouveau sur ma conduite, et y extirpa un paquet de gomme. Habilement, je parvins à en sortir une de son emballage, tout en étant en parfait contrôle de ma voiture. Je sentis l'effet rafraîchissant de la gomme dans ma bouche et n'aurais pas été surpris de voir un nuage de fumée se créer lors de ma prochaine expiration.

Tout était parfait.

Avec environ quinze minutes d'avance sur mon horaire, je dirigeai Citrouille en bordure du trottoir. Tout juste en face du bureau de poste. Tel que convenu.

La journée était magnifique. À vrai dire, il n'y avait aucun nuage dans le ciel, d'un bleu à vous couper le souffle. Seule la courte trace blanche d'un avion se démarquait dans le ciel. Le soleil, chaud et scintillant, brillait avec beaucoup de fierté.

Il n'y avait que quelques personnes qui se promenaient dans les environs. Il faut dire qu'à neuf heures le samedi matin, les gens avaient sans doute mieux à faire que venir se promener sur une rue ou la plupart des commerces étaient encore fermés. Seul un restaurant, deux bâtiments plus loin que le bureau de poste, semblait être animé et générait, à lui seul, la plupart des déplacements dans le coin.

Je sortis ma cassette du groupe Parade Archéologique et l'introduisis dans le vieux radiocassette de Citrouille. Radiocassette qui était une gracieuseté de Steph, installé il y a environ six mois en échange d'une précorrection d'un travail de psychologie.

Les notes de musique virevoltaient dans l'habitacle de la voiture lorsqu'on cogna dans la fenêtre du côté passager. Ce qui me fit sursauter.

Constatant que Nadia se trouvait de l'autre côté de la portière, je m'étirai le bras pour la déverrouiller et tirer sur la poignée.

- Je t'ai fait peur?, me demanda Nadia.

- Non, pas du tout, m'empressais-je de répondre. J'étais seulement concentré sur la musique, ajoutais-je en pointant le tableau de bord où se trouvait la radio.

...pourquoi me laisser perdre la tête ...

- Est-ce que je peux mettre mon sac à l'arrière?
- Bien sûr, répondis-je, me précipitant pour ouvrir le coffre.

Coffre qui était assez profond pour contenir les bagages d'une dizaine de personnes. Même avec trois grosses bouteilles d'eau, une glacière, quelques outils et une vieille couverture, auxquels s'ajoutaient nos deux sacs de voyage, nous avions l'air d'aller faire une simple promenade tellement il restait de l'espace à l'arrière.

- C'est une grosse voiture..., souligna Nadia.
- Oui...c'était l'auto de mes parents. Ils me l'ont vendue il y a quelques mois.

En fait, la terminologie exacte était qu'ils m'en avaient fait don. Mais je ne voulais surtout pas passer pour un enfant gâté. Quoi que, avec une voiture comme Citrouille, c'était difficile de croire que je me faisais gâter. D'ailleurs, avec l'argent investi pour cacher les nombreux trous dans la carrosserie, c'était un peu comme si je l'avais achetée.

J'accompagnai Nadia jusqu'à sa portière, qui s'était refermée toute seule, lui ouvris et la refermai derrière elle. Pas seulement par galanterie, mais également parce que la poignée extérieure avait quelques caprices qu'il aurait été trop long à expliquer. De toute façon, le sourire de Nadia qui me remerciait de mon geste valait amplement l'effort.

Je regagnai mon siège, tirant de toutes mes forces pour refermer la portière.

- Elle est un peu difficile à fermer, soulignais-je à Nadia, tout en tentant de garder un sourire sympathique et en démontrant que j'étais en parfait contrôle de la situation malgré l'état de la tôle qui nous entourait.
- C'est correct...il n'y a pas de problème, essaya de me rassurer une Nadia que je sentais un peu nerveuse et, comment dire, possiblement anxieuse de devoir se trimbaler dans une voiture qui donnait l'impression de s'être sauvée de la fourrière.

...je ne sais plus comment avoir et être...

- Tu es prête?, demandais-je à ma passagère, empruntant malgré moi le ton d'un commandant de navette spatiale qui allait tenter une dernière manœuvre dans le but de regagner la Terre.

- Oui, allons-y, me sourit Nadia.

« Vas-y ma Citrouille. Montre-nous que tu es capable de bien te conduire sous la pression », pensais-je en appuyant sur l'accélérateur.

- Est-ce que ça faisait longtemps que tu m'attendais?

- Non, quelques minutes environ.

Huit minutes plus précisément. Huit minutes pendant lesquelles le moteur de Citrouille continuait d'émettre son vrombissement typique, et quelques tonnes de gaz à effet de serre. Mais je ne voulais pas laisser Citrouille se refroidir. Je l'avais d'ailleurs bien réchauffée avant de venir rejoindre Nadia. Je ne voulais pas prendre la chance qu'elle s'emballe comme la dernière fois. Je suivais donc les conseils de Steph en la matière.

La vie ne durera pas.

La vie s'envolera, sans moi.

- Qu'est-ce que tu as dis à tes parents?, lui demandais-je, présumant qu'elle n'avait pas annoncé à son père qu'elle allait passer la fin de semaine avec le jeune homme qu'il avait banni.

- Que j'allais passer la fin de semaine chez mon amie Marie, me répondit-elle. C'est une amie du secondaire qui reste maintenant à Québec.

Je restai silencieux, ne sachant pas trop quoi ajouter. Je me contentai d'un sourire approbateur.

- Et toi?, poursuivit Nadia.

- Et moi quoi?

- Est-ce que tu as dit à tes parents que tu allais au camp avec moi?

- Non, je leur ai dit que j'allais cueillir des melons d'eau en Abitibi…

Nadia resta silencieuse et je sentis qu'elle ne savait pas trop comment réagir à ma dernière réponse.

- C'est une blague, m'empressais-je d'ajouter.

- Ah bon, laissa-t-elle échapper, riant nerveusement.

Il fallait toujours un peu de temps pour que les gens s'habituent à mon sens de l'humour particulier.

Je tournai sur l'embranchement de l'autoroute, suite à l'excellent départ de Citrouille, qui n'avait connu aucune faute et n'avait émis aucun bruit bizarre.

Le regard caché du tonnerre,
La vision d'une lune austère,
Emprisonne ma voie...

- Qu'est-ce que c'est que cette musique?, me demanda Nadia.

- C'est du groupe Parade Archéologique.

- Je ne me souviens pas d'avoir entendu ça à la radio.

- En fait, ça ne joue pas à la radio, ajoutais-je, appréciant le fait que d'écouter de la musique que personne ne connaît donne toujours l'impression qu'on est en avance sur les autres... Mon cousin est guitariste pour le groupe.

- C'est quand même bon.

- Oui, répondis-je en souriant. C'est moi qui ai écrit les paroles...

- Ah oui, répondit Nadia avec un air étonné.

- Oui, je sais...c'est surprenant...mais effectivement, je sais écrire...

- Disons que je m'en doutais un peu...il serait difficile de travailler dans une bibliothèque sans savoir lire ni écrire, me répondit Nadia, embarquant dans mon jeu.

- Oui, c'est vrai. Mais pas nécessairement impossible. Il y a des gens qui ne savent pas lire et qui développent des trucs incroyables pour se débrouiller. J'ai lu un article sur une femme qui ne savait pas lire mais qui travaillait dans un bureau d'information touristique. Les gens qui y allaient ne remarquaient jamais qu'elle ne savait pas lire. Elle leur montrait les points d'intérêts sur les cartes, ouvrait les livres exactement aux pages qui répondaient à leurs questions. C'est quand même assez incroyable.

- En effet. C'est assez intéressant...

- Il faut dire qu'il n'y a pas si longtemps, c'était une minorité de personnes qui savaient lire, ajoutais-je.

- Je n'imagine pas ce que serait ma vie sans être capable de lire. Il me semble que c'est à la base de pas mal tout ce que je fais, dit Nadia.

- Oui, on est habitué comme ça. Il faut bien qu'il y ait quelques éléments qui nous distinguent des animaux...

Et nous eûmes l'occasion de discuter de plusieurs sujets intéressants durant une bonne partie du voyage. J'avais eu l'occasion de lui raconter les articles que j'avais lus sur une tonne de sujets fascinants : un garçon qui avait publié son premier livre à l'âge de 6 ans, une femme qui avait donné naissance à trois enfants à la même date mais au cours de trois années différentes et un homme qui collectionnait les brosses à dents depuis sa tendre enfance. Avec tout ce que je lisais, j'étais une mine inépuisable de sujets de conversation.

Nadia semblait bien apprécier mes anecdotes et avait maintenant pris l'habitude de me demander si j'avais vraiment lu un article à ce sujet, croyant que j'inventais ces différentes histoires au fur et à mesure de notre trajet. Je lui dis que je pouvais lui retrouver ces articles sans problème; elle n'avait qu'à venir me consulter à la bibliothèque.

Malgré la longueur du voyage, j'avais l'impression que le temps filait beaucoup trop vite. Mes discussions avec Nadia étaient vraiment agréables. J'avais l'impression de vivre les meilleures minutes de mon existence.

Toute cette conversation se déroula jusqu'à ce que nous arrivions à la fameuse station d'essence de mon précédent voyage. Bien que j'aurais pu continuer ma route sans faire le plein, j'avais déjà planifié m'arrêter à cet endroit. Tout d'abord parce que je savais qu'en cas de pépin, c'était le dernier endroit pour ajouter de l'énergie dans le réservoir de Citrouille. Ensuite, et c'était en fait la raison principale, pour venir racheter le fait que nous avions fait le plein sans payer la dernière fois. Je m'étais donc dit que j'allais laisser un généreux pourboire au propriétaire du commerce. Finalement, je me dis que je pouvais donner l'occasion à Nadia de se dégourdir les jambes un peu.

Citrouille roula calmement sur le tuyau qui fit sonner la cloche à l'intérieur de la station et s'arrêta à côté d'une des deux pompes de l'endroit.

Sans vouloir caricaturer l'image des propriétaires de station-service sur les chemins de campagne, celui qui se présenta pour nous servir avait tout pour se faire reconnaître dans ce groupe. Il arborait une salopette bleue et une chemise brune, avait les mains tachées d'huile ou de graisse, une casquette blanche et bleue et un brin d'herbe dans la bouche.

Sans surprise, la station d'essence n'avait pas l'air beaucoup plus animée que lors de ma dernière visite. En fait, outre la présence du propriétaire/pompiste et de ce que je présume être son véhicule, un camion gris recouvert de poussière, seule une enseigne lumineuse affichant fièrement le mot « ouvert » en rouge et visible à l'intérieur du bâtiment indiquait qu'il y avait effectivement présence humaine en cet endroit.

- Le plein, s'il vous plaît, lui lançais-je poliment.

Sans aucun sourire en retour, il se dirigea près de la porte du réservoir de Citrouille et commença à faire le plein. Je décidai de sortir de la voiture pour faire un brin de conversation à ce pauvre homme qui devait sans doute trouver le temps long. Nadia en profita pour sortir également et demanda gentiment où se trouvaient les toilettes.

- Vous devez attendre que je vous donne la clé, lui lança le pompiste affairé à faire le plein.

Sa réponse semblait vouloir démontrer que, ici, c'est lui qui dictait les règles. Il décidait même à quel moment les clients allaient pouvoir se soulager…Quel pouvoir!

Nadia attendit sans broncher. Heureusement, il ne s'agissait pas d'une urgence nationale…

- C'est une belle journée, n'est-ce pas?, demandais-je au pompiste, souhaitant détendre un peu l'atmosphère avec une question facile.

Le pompiste ne prit même pas la peine de me répondre. En fait, je crus remarquer qu'il avait même subtilement détourné la tête pendant que j'attendais sa réponse, regardant le ciel d'un bleu toujours aussi éclatant. Comme s'il tentait vraiment de m'ignorer.

- J'ai dit, c'est vraiment une belle journée, n'est-ce pas?, répétais-je en haussant légèrement le ton, croyant que le monsieur n'avait peut-être pas compris.

Cette fois, il retourna la tête pour me regarder, d'un air plutôt sévère.

- Oui, oui, il fait très beau…me lança-t-il. Qu'est-ce que tu veux que ça me fasse, à moi?

Pris un peu par surprise, je me dépêchai de répondre.

- Rien…je veux dire, rien de spécial. Je voulais simplement…

Sans avoir le temps de terminer ma phrase, il me coupa la parole.

- Eh bien, si ça ne te fait rien, tu devrais simplement ne rien dire, me lança-t-il, retournant à nouveau la tête pour terminer ce qu'il avait commencé, c'est-à-dire remplir le réservoir d'essence de Citrouille.

Comment pouvait-on être aussi désagréable avec un client?, me demandais-je.

- Vous êtes le propriétaire?, lui demandais-je, voulant ainsi valider s'il s'agissait de la personne que je voulais initialement dédommager pour la perte subie lors de mon dernier arrêt dans les parages.

Pour le moment, il se contenta d'hocher la tête de haut en bas, pour ensuite enlever sa casquette et s'essuyer le front.

- Oui, c'est moi, finit-il par répondre. Qu'est-ce que tu lui veux, au propriétaire?, me demanda-t-il d'un ton aussi désagréable, affichant l'air de quelqu'un qui n'apprécie pas vraiment qu'un client lui pose ce genre de question.

- Euh…rien, j'étais simplement curieux, lui répondis-je.

- La curiosité est un malin défaut, se contenta-t-il de me lancer.

Il y eu un bref moment de silence.

- Combien est-ce que je vous dois?, lui demandais-je, tout en jetant un œil sur le tableau indicateur sur la pompe qui me donnait déjà cette information.

- Vingt-neuf dollars et quatre-vingt-cinq, me répondit-il en laissant transparaître un certain agacement.

- Tenez, gardez la monnaie, lui dis-je en lui tendant un billet de vingt dollars et un billet de dix dollars.

Non, ce n'était pas le pourboire que j'avais prévu laisser au propriétaire pour le dédommager. Mais considérant l'accueil que j'avais eu de sa part, je ne souhaitais plus vraiment être le plus gentil avec lui. Je ressentais en fait un certain soulagement pour ce qui est de mon passé criminel, si je peux m'exprimer ainsi.

Il me regarda d'un air sévère, visiblement insatisfait du pourboire.

De mon côté, je fis semblant de ne rien percevoir, tournant subtilement la tête pour retourner prendre place au volant et quitter cet endroit pas très accueillant.

C'est alors que j'aperçus Nadia, qui attendait toujours pour se rendre aux toilettes…

Le pompiste lui fit signe de le suivre et je décidai de ne pas laisser Nadia seule avec ce monsieur qui ne s'était visiblement pas levé du bon pied.

Le pompiste lui remit la clé, attachée à une corde et à un bout de bois, et expliqua à Nadia comment se rendre à bon port. Il lui indiqua également à quel point il était important qu'elle lui remette la clé, puisque c'était la seule qui pouvait ouvrir la porte des toilettes.

Je restai près de l'entrée du bâtiment pendant que Nadia se dirigeait à l'arrière. Le propriétaire, de son côté, prit place sur une chaise derrière le comptoir et monta le son de son téléviseur.

Tout comme l'extérieur, l'intérieur du petit magasin était poussiéreux et semblait dater d'une autre époque. Je me mis à regarder les dates de péremption des produits qui se trouvaient sur les étagères, question de passer le temps un peu, et fus agréablement surpris de constater que je ne trouvais aucun produit périmé.

- Est-ce que tu cherches quelque chose en particulier?, me lança le propriétaire qui avait sans doute laissé tomber son téléviseur durant une pause publicitaire.

- Euh…non merci. Ça va, lui répondis-je.

- Ce n'est pas un musée, ici, me dit-il, affichant toujours un air aussi désagréable. Ou bien on achète, ou bien on quitte, ajouta-t-il.

- En fait, c'est que, j'attends mon amie qui…

- Qui vous remercie pour la clé, me coupa Nadia qui était miraculeusement de retour.

Elle remit la clé sur le comptoir en lançant un joli clin d'œil au propriétaire et se dirigea vers la sortie, affichant un élégant sourire.

Voilà qui est injuste, pensais-je. Un homme aussi désagréable qui reçoit un si joli clin d'œil suivi d'un aussi joli sourire…

Je finis par rejoindre Nadia et nous prîmes place dans la voiture. Je tournai la clé, qui fit démarrer le moteur sans aucun bruit suspect. Je décidai malgré tout de suivre les conseils de Steph et de laisser réchauffer le moteur quelques instants. Ce qui pouvait paraître étrange, en cette journée si chaude.

- Qu'est-ce que tu attends?, me demanda Nadia, sur un ton qui semblait davantage anxieux qu'étonné.

- Euh, je veux simplement…

- Est-ce qu'on peut partir?, me lança alors Nadia qui venait de jeter un coup d'œil rapide en direction du garage. Son niveau d'anxiété semblait s'être soudainement élevé de plusieurs crans.

- Oui, encore une minute environ, je…

- Allez, il faut vraiment y aller…me lança-t-elle, cette fois-ci en tentant de contrôler un éclat de rire nerveux.

Cela faisait au moins trente secondes que le moteur roulait. J'aurais bien aimé le laisser réchauffer davantage, mais devant l'insistance de ma passagère, je décidai de mettre la voiture en branle.

Heureusement, Citrouille se comporta normalement, le moteur ne tentant pas de sortir de sous le capot. Probablement que le fait d'avoir roulé pendant un long moment avant de s'arrêter avait aidé à le réchauffer plus vite.

Nous reprîmes notre route là où nous l'avions laissée.

- Quel homme désagréable, lançais-je à Nadia, faisant référence au garagiste.

- Tu peux le dire, ajouta Nadia. Tu ne devrais pas te laisser parler de cette façon, me dit-elle.

- Qu'est-ce que tu veux dire?, lui demandais-je.

- Je veux dire que tu ne devrais pas laisser les gens te parler en te manquant de respect comme cette espèce d'homme des cavernes vient de le faire, précisa-t-elle.

- Oui…eh bien…disons que j'ai pris l'habitude de ne pas m'énerver trop vite, en travaillant à la bibliothèque, répondis-je, tentant de justifier mon comportement. Cet homme des cavernes, comme tu l'appelles, n'était pas le pire de son espèce, crois-moi, ajoutais-je, faisant référence à certains usagers de la bibliothèque que j'avais eu le plaisir de servir.

- Oui, j'imagine que tu dois en voir de toutes les sortes, ajouta-t-elle.

- Effectivement. D'ailleurs, quand quelqu'un est désagréable avec moi, je me dis que cette personne finira bien par rencontrer elle aussi des gens qui seront désagréables avec elle. Elle finira par payer son dû, ajoutais-je, sentant monter en moi une grande dose de sagesse.

Nadia me répondit avec un magnifique sourire. Sans soupçonner que mes leçons de vie pouvaient avoir un si bel effet, je lui souri à mon tour.

- Tu as tout à fait raison, tu sais, ajouta-t-elle. Ces gens finissent toujours par payer leur dû.

Nadia mit alors la main dans sa poche et garda son point fermé.

- Devine qu'est-ce que j'ai dans ma main?, me demanda-t-elle.

- Euh, je ne sais pas, répondis-je

- Essaie quand même de deviner, ajouta-t-elle en tentant de retenir une pouffée de rire.

- Je… Je ne sais pas trop…, lançais-je, hésitant.

- Vraiment, j'aimerais que tu essaies de deviner, me dit-elle, portant son autre main à sa bouche pour camoufler son trop grand mais toujours aussi joli sourire.

Que pouvait-elle bien tenir dans sa main? Une idée me traversa alors l'esprit.

- Tu as volé un paquet de gomme à la station d'essence pour te venger du garagiste, lui lançais-je.

- Presque!, s'exclama-t-elle, ouvrant fièrement la main.

Je jetai un rapide coup d'œil sur sa tendre main ouverte.

- Une clé?, lui demandais-je, ne comprenant pas trop pourquoi elle tenait à me montrer qu'elle avait une clé dans sa poche.

- C'est la clé des toilettes!, me dit-elle, ne pouvant cette fois retenir son éclat de rire.

- Quoi?, lui demandais-je, d'un air légèrement surpris par ce qu'elle m'annonçait.

- C'est la clé des toilettes!, répéta-t-elle en riant.

- Les toilettes…les toilettes de la station-service?

- Oui! Oui!, me répondit-elle, paraissant aussi fière que quelqu'un qui vient de retrouver la fameuse aiguille dans la botte de foin.

- Mais,…qu'est-ce que tu fais avec la clé des toilettes?, lui demandais-je.

- Je fais payer son dû à ce garagiste, me répondit-elle, prenant l'air satisfait d'une femme de justice.

- Mais comment est-ce que tu as fait ça?, lui demandais-je, admirant ce geste d'éclat.

- Rien de plus simple, me répondit-elle. La clé était simplement attachée à la corde et j'ai facilement pu la prendre. Il suffisait ensuite de remettre le tout sur le comptoir plutôt qu'en main propre…

Wow! Cette Nadia n'avait pas froid aux yeux.

- J'espère que ce garagiste aura un besoin urgent d'aller aux toilettes avant de se rendre compte qu'il n'a plus la clé…parce que j'ai bien pris soin de verrouiller la porte derrière moi, ajouta Nadia, visiblement satisfaite de sa petite vengeance.

- Je ne pensais pas que tu pouvais être aussi…méchante, la complimentais-je.

- Oh, ce n'est rien, répondit-elle. En fait, j'aurais pu faire encore pire que ça, tu sais. J'aurais pu boucher le petit lavabo, laisser couler l'eau et me sauver avec la clé, ajouta-t-elle.

Effectivement, cette Nadia ne semblait pas manquer de créativité pour se faire justice. J'appréciais la poussée d'adrénaline que cette histoire avait alimentée. Et si le garagiste surgissait derrière nous pour reprendre son bien…

Alors que je songeais à ce qui pourrait nous arriver si le garagiste nous retrouvait, Nadia frotta énergiquement la clé sur le tissu de sa camisole, ouvrit la fenêtre et projeta la clé à l'extérieur.

- Voilà, une clé sans empreinte digitale sur le bord d'une route en plein milieu des bois, me lança-t-elle en fermant sa fenêtre. Il suffit maintenant de ne pas avoir besoin d'arrêter à la station-service sur le chemin du retour, ajouta-t-elle.

Effectivement, nous ne serions sans doute pas bien accueillis si nous y devions y retourner. Mais le réservoir de Citrouille était bien rempli et je ne prévoyais pas devoir m'arrêter pour mettre de l'essence à cet endroit à notre retour.

Mais c'était sans me douter que Citrouille ne ferait jamais le chemin du retour…

Chapitre 17

- Je crois que c'est ici, lançais-je à Nadia, qui tenait dans ses mains les indications du trajet.
- Tu es certain?, me demanda-t-elle, incrédule.
- Oui...enfin, je crois qu'il s'agit bien de la roche avec un X après la traversée du pont, répondis-je.

Elle jeta un coup d'œil pour apercevoir la roche marquée du X orange et me répondit d'un joli sourire.

- Effectivement, capitaine, nous sommes rendus à destination, me lança-t-elle.

Je fis alors demi-tour et me stationnai de l'autre côté de la route.

- Qu'est-ce que tu fais?, me demanda Nadia, ne sembla pas trop comprendre pourquoi je prenais tellement soin de l'espace que la voiture allait occuper dans un endroit aussi désertique.
- Les camions risquent de ne pas voir la voiture de l'autre côté de la route à cause de la courbe. En fait, les chauffeurs de camion risquent de ne pas la voir, lui répondis-je, me rappelant la remarque que j'avais faite à Steph lors du dernier voyage.
- D'accord, répondit Nadia, ne semblant pas y accorder trop d'importance.

C'était la fin d'un long mais combien merveilleux voyage en voiture.

Long voyage qui dura plus de six heures. En partie parce que j'avais mal interprété un « à gauche au prochain carrefour », ce qui nous avait fait faire un petit détour d'environ 20 minutes. Long également parce que nous avions pris une petite pause sur le bord de la route pour manger notre lunch, composé pour chacun de nous d'un sandwich, de quelques crudités et d'un contenant de jus.

Merveilleux voyage car depuis l'épisode de la clé volée, nous avions discuté sans arrêt de nos expériences de vie, de voyage, d'école, de travail. J'avais maintenant l'impression de connaître Nadia depuis toujours. Et j'avais l'agréable impression qu'elle avait beaucoup apprécié le voyage également.

Malgré le temps chaud et humide qui continuait de nous écraser, chaque bouffée d'air que je respirais m'emplissait les poumons de bonheur. J'étais sans doute une des personnes les plus heureuses sur terre en ce moment. Un soleil magnifique me cuisait la peau et j'étais l'être humain le plus près de la jolie Nadia, qui semblait également respirer le bonheur.

- Viens, je vais te montrer le château dont je t'avais parlé, lançais-je à Nadia en prenant les devants pour lui ouvrir le chemin à travers les bois.

- J'arrive, me répondit-elle, replaçant ses sandales qu'elle avait détachées durant la dernière portion de notre périple.

Après quelques pas à travers les branches d'arbres, nous avions finalement une vue imprenable sur la cabane du maître des lieux.

- Wow!, me lança une Nadia tentant tant bien que mal de simuler une agréable surprise. C'est…comment dire….

- …merveilleusement rustique?, lui proposais-je.

- …oui….En fait, probablement plus que ça, me répondit-elle.

- Au-delà de tes rêves les plus fous?, lui suggérais-je.

- Effectivement! D'ailleurs, il faudrait que je me pince pour m'assurer que je ne rêve pas, me lança-t-elle simulant une pincée de peau sur son avant bras gauche.

- Attends, lui lançais-je. Ne te réveille pas tout de suite, lui demandais-je. J'aimerais bien profiter de ton rêve encore un peu.

Nadia me regarda et me sourit. J'imagine qu'elle devait trouver ma dernière réplique un peu bête, mais au moins, elle ne le laissait pas paraître.

- D'accord, finit-elle par me répondre. Est-ce que tu me fais visiter?, me demanda-t-elle.

- Oui, bien sûr, me précipitais-je de répondre. En fait, tu vas voir, l'intérieur de la cabane est vraiment surprenant…comparativement à l'extérieur, tentais-je de la convaincre, sans grand succès si j'en jugeais par son sourire forcé.

J'ouvris la porte d'un trait, surpris de constater qu'il n'y avait pas de cadenas. Je tentais de me rappeler si nous avions remis un cadenas lors de notre dernière visite, lorsque soudain…

- Eh bien, de la grande visite!

Je sursautai en entendant ces paroles derrière moi, tentant de comprendre qui venait de me saluer alors que j'étais sur le point d'entrer dans la cabane.

- Si ce n'est pas mon beau P-A, ajouta le jeune homme qui s'approchait de nous.

- Oui… lançais-je, fouillant à toute vitesse dans toutes les cavités de mon cerveau pour retrouver le nom associé à cette voix.

Au même moment, je tentais de faire une recherche à partir de l'apparence physique du jeune homme. Barbe noire clairsemée, cheveux en bataille, chemise à carreaux rouge et noir, jeans et bottes de travail.

- Tu ne me reconnais pas?, me lança le jeune homme étonné.

- Euh...en fait, répondis-je en laissant comprendre que je ne trouvais pas l'information que je cherchais.

- C'est moi, Bill!, s'exclama le jeune homme.

Bill?

Et oui, c'était Bill!

En plus d'être surpris de revoir ce bon vieux Bill ici, j'étais également surpris de voir à quel point je ne le reconnaissais pas. Probablement à cause de la barbe.

- Bill!, mais qu'est-ce que tu fais ici?, lui demandais-je, intrigué.

Bill entendit ma question, mais décida de ne pas y répondre en regardant Nadia, démontrant clairement qu'il n'avait pas vu de présence féminine depuis un bon bout de temps. Du moins, pas une aussi jolie présence féminine.

- Eh bien, P-A, tu ne me présentes pas à ta petite amie?, me demanda-t-il

- Ce...Ce n'est pas ma petite amie, me sentis-je obliger de répondre, ne voulant pas créer de malaise entre Nadia et moi. C'est Nadia, une amie, me contentais-je d'ajouter.

Le regard de Bill s'illumina et se mit à briller de mille feux. Malheureusement, Nadia semblait plutôt impressionnée par l'apparence animale brute de Bill.

- Nadia, se contenta-t-il de prononcer lentement. C'est un très joli nom qui te va très bien, ajouta-t-il.

Il lui prit la main et lui fit la bise.

Quel culot, tout de même.

Culot que semblait apprécier Nadia, qui rougit délicatement tout en souriant.

Je tentai de briser un peu l'ambiance en relançant la discussion.

- Qu'est-ce que tu fais ici?, demandais-je à nouveau, poussant Bill sur le devant de l'épaule pour le faire décrocher de son regard fixe.

Tel que je l'avais voulu, il détacha son regard de Nadia, finalement, et se retourna vers moi.

- Je vis ici, mon vieux!, me lança-t-il, d'un ton enthousiaste.
- Tu vis ici?, lui demandais-je, curieux d'en apprendre plus.
- Oui, oui, je vis ici, répéta-t-il en pointant la cabane à nos côtés.

Je tournai mon regard vers la cabane et la pointai à mon tour.
- Ici?, lui lançais-je, incrédule.
- Oui, oui, ici, répéta-t-il, ajoutant un sourire et se retournant à nouveau vers Nadia. Je vis ici depuis quelques semaines déjà, précisa-t-il, semblant fier de nous annoncer cette statistique.

Effectivement, me dis-je, que peut-on espérer de mieux que de vivre dans les bois, sans électricité ni eau courante, et sans toilette…
- Et…qu'est-ce que tu fais de tes journées, exactement?, lui demandais-je, curieux d'en apprendre plus sur sa vie dans la forêt.
- Eh bien, je travaille!, répondit-il, affichant une fierté qui ne faisait que croître au fil de la discussion.
- Tu travailles?, lui demandais-je, toujours aussi intrigué par ses réponses.
- Oui, je suis en charge de la sécurité dans le secteur.

En charge de la sécurité. Quelle sécurité? La sienne et celle des épinettes qui l'entouraient?
- Qu'est-ce que tu veux dire, la sécurité du secteur?, finis-je par lui demander, regardant autour de moi pour lui laisser deviner que sa réponse était plutôt étrange.
- Eh bien, la sécurité, répéta-t-il. Je m'assure qu'il n'y ait personne qui vienne troubler la paix dans le coin, ajouta-t-il.
- Ah bon, commentais-je. Et il y a beaucoup de gens qui troublent la paix dans le secteur?, lui demandais-je.
- Je dirais qu'en ce moment, il y en a pas mal juste un, répondit-il sur un ton exaspéré.

Je savais très bien qu'il faisait allusion à ma présence.
- Bien non, c'est une farce!, s'exclama-t-il en me poussant à mon tour sur le devant de l'épaule. En autant que tu restes près de la cabane, tout est sous contrôle, ajouta-t-il.

Bill avait ajouté ce dernier commentaire sans trop rire. Il semblait y avoir un fond de vérité dans cette affirmation, mais je ne savais pas pourquoi.
- Et qu'est-ce qui vous amène dans le coin?, entreprit-il de demander à Nadia, sans doute curieux de faire connaissance avec elle.

Nadia me regarda, comme pour m'indiquer qu'elle allait me mettre dans l'embarras, et se mit à expliquer la raison de notre présence ici.

- Je tenais à voir à quel endroit avait été retrouvé le collier de Poupou, que P-A avait semble-t-il trouvé ici il y a quelques semaines.

Non!

Je me retenais pour ne pas réagir, mais je sentais l'étau se refermer sur moi. Que pouvais-je faire? Foncer sur Bill pour l'empêcher de répondre?

- Tu...tu veux dire que c'était ton chien qui était enterré ici?, demanda Bill à Nadia d'un ton surpris.

Re-non!

Nadia me jeta à nouveau un regard. Je sentais cette fois qu'elle savourait pleinement la victoire annoncée de la grande vérité.

- Oui. En fait, c'est ce que j'ai cru comprendre, ajouta-t-elle.

- Wow!, se contenta de lancer Bill.

En fait, je présumais que Bill se disait présentement qu'il aurait dû insister à l'époque pour aller porter le collier du chien à sa propriétaire. Il aurait alors pu rencontrer Nadia sans m'avoir dans les environs...

De mon côté, je ne pouvais pas croire que Bill était ici et qu'il était en train de détruire toute la relation de confiance que j'avais réussi à établir avec Nadia.

- Effectivement, c'est toute une histoire, me contentais-je d'ajouter, alors que Bill se tenait toujours près de nous, bouche bée et le regard fixé sur Nadia.

Il resta ainsi quelques secondes, et parut soudainement reprendre ses esprits.

- Bon, c'est bien beau tout ça, laissa-t-il tomber. Je venais ici pour chercher quelque chose à manger, mais je dois maintenant retourner au boulot.

Son changement rapide d'attitude, d'un bûcheron envoûté par la présence d'une jeune femme resplendissante et surpris de nous rencontrer ici, à un bûcheron occupé par sa besogne qui allait enfin nous laisser le champ libre, me laissa songeur.

Je dois avouer que je n'étais pas déçu de le voir nous quitter. Sa présence auprès de Nadia commençait à me causer du souci...et je pense qu'il avait assez causé de dommage comme ça.

- Est-ce que tu voudrais revenir sur ta déclaration, maintenant?, me demanda Nadia.

Je me sentais comme un petit garçon qui venait de se faire prendre par sa mère, la main dans la jarre à biscuits et des traces de chocolat tout autour de la bouche.

Sauf que je n'avais pas eu la chance de savourer les fameux biscuits.

- Laisse-moi t'expliquer, lui lançais-je, regardant tout autour de nous pour m'assurer que personne ne nous regardait.

J'expliquai à Nadia la véritable histoire. La découverte de la tombe du chien. Ma visite pour leur rendre le collier. L'insistance de ce criminel inconnu pour que je change ma version des faits. Mes craintes de faire l'objet d'une récidive de mon agresseur. Notre voyage ici.

Nadia m'écouta attentivement tout au long de mon récit. Elle ne posa aucune question, souhaitant sans doute me laisser fournir toute l'explication nécessaire.

De mon côté, je sentais une certaine libération à mesure que je vidais mon sac.

Je ne savais pas trop comment Nadia réagirait. Elle aurait le droit de me traiter de menteur et de me gifler au visage dans un élan de colère. Je ne pouvais pas la blâmer pour ça. Tout comme elle pouvait sans doute me sauter au cou en m'embrassant pour me consoler de toutes les épreuves qui s'étaient dressées sur mon chemin.

- Merci, se contenta-t-elle de dire à la fin de mon récit.

Il y eut un bref moment de silence, comme si Nadia elle-même se demandait comment elle devait réagir.

Je décidai de faire les premiers pas.

- Je suis vraiment désolé, Nadia, de t'avoir menti de la sorte. Je sais que ce n'est pas facile de croire quelqu'un qui nous a déjà menti, mais ce que je viens de te raconter est la vérité. Par contre, je comprendrais que tu ne veuilles plus m'adresser la parole et…

- Pas du tout!, me lança-t-elle.

Je restai silencieux, attendant de voir la suite des choses.

- Tu n'as pas à te sentir mal du tout, ajouta-t-elle. Je…je vois bien que tu n'es pas en train de me mentir.

Bon, voilà enfin une bonne nouvelle dans toute cette histoire.

- Je me demande seulement…, ajouta-t-elle. Je me demande seulement qui a bien pu vouloir te faire changer ton histoire.

Elle me regarda comme si elle s'attendait à ce que je lui dise la réponse. En fait, malgré le fait que l'attaque était survenue depuis un bon bout de temps déjà, et malgré tout le temps que j'avais eu pour réfléchir, je n'avais pas de réponse non plus. Seulement des hypothèses.

- Est-ce que tu penses qu'il pourrait s'agir de quelqu'un de ta famille?, lui demandais-je.

En fait, j'essayais subtilement de lui faire réaliser qu'il y avait peut-être un lien entre ma mésaventure et son père.

- Qu'est-ce que tu veux dire, me demanda-t-elle, visiblement blessée par cette accusation déguisée.

- En fait…je n'en sais rien, répondis-je rapidement. Tout ce que je sais, c'est qu'il s'agit d'une personne qui était au courant que j'avais rapporté le collier de Poupou à ses propriétaires. Et qui ne voulait sans doute pas que quelqu'un de ta famille vienne ici, ajoutais-je en balayant les environs de mon regard.

Nadia sembla réfléchir un instant, restant immobile et regardant à son tour ses lieux qui nous entouraient.

- Et pourquoi ne pas vouloir que je sois ici?, me demanda-t-elle encore, semblant une fois de plus ignorer que je n'en avais aucune idée.

- Je n'en sais rien, me contentais-je de répondre.

J'aurais bien aimé pouvoir alléger un peu l'atmosphère en changeant de sujet, mais je n'étais pas dans une très bonne position. Je venais de manquer à mon engagement de ne pas révéler la vraie histoire et, ainsi, de mettre ma vie en danger. Nadia savait maintenant que j'étais un menteur. Nadia semblait plus intéressée par l'allure sauvage du beau Bill plutôt que par moi.

Je cherchais en vain une bonne raison de ne pas déprimer.

- Tu crois que ce qui est arrivé est à cause de mon père?, me demanda-t-elle.

J'aurais bien voulu répondre que je croyais que mon agresseur était un de ses complices, mais je pris soin d'en discuter avec un peu plus de délicatesse.

- Je ne sais pas Nadia, répondis-je. Il est sans doute une des personnes qui pourrait être impliquée dans cela, mais…

À voir le regard que Nadia dirigea vers moi, je compris que je n'avais pas fait preuve d'assez de délicatesse.

- Je veux dire, je n'en sais rien, me contentais-je d'ajouter, souhaitant passer à autre chose.

Nadia resta à nouveau quelques instants à réfléchir, sans parler. J'en profitai pour l'admirer durant ces quelques instants, prévoyant que je n'aurais bientôt plus la possibilité de m'approcher aussi près d'elle. Oui, ça sentait déjà la fin de notre début de relation.

- Je me suis toujours demandé si Poupou n'avait pas été utilisé par quelqu'un qui voulait se venger de mon père, finit-elle par affirmer.

Se venger de son père. Voilà qui était une piste intéressante.

- Qu'est-ce que tu veux dire?, lui demandais-je, pensant qu'elle souhaitait sans doute élaborer un peu sur sa théorie du complot.

Nadia se retourna alors vers moi mais son regard vide m'indiquait qu'elle était encore en train d'essayer de replacer les pièces du casse-tête ensemble.

- Mon père est policier, se contenta-t-elle d'ajouter.

Policier! Son père était policier!

Quelle révélation choc et inattendue de sa part!

Bon, j'exagérais sans doute un peu ma réaction, que je tentais d'ailleurs de cacher à Nadia pour lui faire croire que cette dernière information me laissait totalement indifférent.

Sauf que j'étais allé raconter l'histoire de mon agression aux policiers du poste de mon quartier.

Si le père de Nadia était mêlé à cette histoire, il avait sans doute les contacts nécessaires pour mettre la main sur mon témoignage.

S'il connaissait mon agresseur, je n'étais pas mieux que mort.

J'essayais d'imaginer les combinaisons qui me permettraient de rester en vie, mais je restais bloqué à penser que je n'étais même pas en sécurité avec les policiers.

Pendant ce temps, Nadia ne semblait pas trop préoccupée par mon silence, et continua à partager certaines de ses réflexions avec moi.

- C'est peut-être un criminel qui avait enlevé Poupou, qui l'a enterré ici et qui ne voudrait pas que mon père vienne faire un tour dans le coin.

Elle se retourna ensuite brusquement vers moi, le visage rayonnant comme si elle venait d'être frappée par un éclair de génie.

- Est-ce que tu connaissais la personne qui possédait ce terrain avant ton ami?, me demanda-t-elle.

- Non…pas vraiment, me contentais-je de répondre.

Je ne savais pas trop où Nadia voulait en venir avec cette question et j'avais répondu un peu rapidement. Nadia me regarda comme on regarde sans doute un menteur pour lui faire comprendre qu'on veut la vérité.

- Je ne le connaissais pas vraiment, ajoutais-je pour justifier ma réponse. Je l'ai rencontré une fois ou deux. C'était l'oncle de mon ami Steph.

- Et est-ce que tu sais si c'était un criminel?, me demanda-t-elle.

- Je ne pense pas, répondis-je. En fait, je ne crois pas lui avoir demandé s'il avait un dossier criminel, ajoutais-je, cherchant à faire rire Nadia.

Ma dernière remarque n'eut pas l'effet escompté. J'eus cette fois droit à un regard voulant m'indiquer que ce n'était pas le moment de faire ce genre de blague.

Il semblait que Nadia communiquait beaucoup avec son regard dernièrement.

- Ce que je peux dire, c'est que je ne pense pas que l'oncle de Steph aurait pu venir enterrer Poupou ici, parce qu'il était très malade et qu'il est décédé cet été, ajoutais-je, heureux de pouvoir apporter une peu de clarification supportant mes explications. Et qu'il était allergique aux chiens, ajoutais-je comme argument choc.

Cela ne sembla pas trop perturber Nadia, qui continua à regarder silencieusement autour d'elle.

- Est-ce que je peux jeter un coup d'œil à l'intérieur de la cabane?, me demanda-t-elle.

Je ne me considérais pas vraiment en position de lui refuser de mener sa petite enquête.

Je me mis à penser que la recherche d'indices était sans doute héréditaire, lorsque Nadia, digne fille d'un policier, poussa un léger cri de dégoût en regardant à l'intérieur de la cabane.

Je jetai à mon tour un coup d'œil et compris pourquoi Nadia avait ressenti le besoin de vider ses poumons d'un peu d'air excédentaire.

J'avais déjà vu des pièces en désordre dans ma vie, mais ce qui se trouvait à l'intérieur de la cabane dépassait de loin ce que je pouvais imaginer d'humainement possible.

À moins, pensais-je, que celui qui y habitait ne soit pas totalement humain.

Ce qui aurait d'ailleurs pu expliquer certains comportements de Bill.

Mais je n'étais pas là pour enquêter sur les ressemblances animales de ce cher Bill, mais bien pour observer ce qui se trouvait à l'intérieur de la cabane.

J'essayais d'ailleurs de déterminer comment Bill faisait pour retrouver son chemin dans sa nouvelle demeure, des objets de toutes sortes étant empilés les uns sur les autres.

Il y avait, dans cette modeste cabane, de nombreux trésors de la nature : branches, pierres, troncs d'arbres, sapinages, pommes de pin, tiges de toutes sortes et même un nid d'oiseau juché au sommet d'une pile. Par ailleurs, il y avait également une pile de matériel électronique empilé dans un coin de la cabane, qui semblait attendre impatiemment la venue de l'électricité dans ce coin perdu.

Outre la présence de tout ce fouillis, nous pouvions apprécier quelques odeurs nauséabondes qui, quoique mélangées, gardaient un caractère bien distincts. Des vapeurs de pourriture entrelacées de parfums de terre humide ressortaient du lot.

Nadia aurait sans doute pu passer plusieurs jours avant de trouver tous les indices qui s'y trouvaient. Par contre, la lourdeur de la tâche sembla la décourager.

- Tu pourrais me montrer où le collier de Poupou a été retrouvé?, me demanda Nadia, prête à passer à une autre étape de son enquête.

Il fallait bien sûr se rappeler que c'était la principale raison de la visite ici, après tout.

- Oui, bien sûr. Je pense bien être capable de retrouver l'endroit.

Nadia marcha dans mes pas alors que je me dirigeais vers l'endroit où, selon mon souvenir, nous avions trouvé la dépouille de Poupou.

Avoir été dans un contexte plus joyeux, j'aurais sans doute pris la peine de marcher en rond à quelques reprises, jusqu'à ce que Nadia se rende compte que je la faisais marcher pour rien. Par contre, à constater à quel point Nadia menait son enquête de façon sérieuse, je décidai de me rendre directement à l'endroit recherché.

Après avoir observé les lieux et déplacé quelques tiges qui gênaient mon passage, je finis par retrouver ce qui semblait être l'endroit où nous avions remis la terre en place.

- C'est ici, lançais-je à Nadia, prenant un air sérieux qui allait très bien avec l'atmosphère qui régnait autour de nous.

- Merci, me répondit tout simplement Nadia, se mettant aussitôt à scruter le sol.

Je lui laissai le champ libre en me déplaçant hors de sa portée, afin qu'elle puisse mener ses recherches sans être gênée par ma présence.

Je pris alors le temps de l'observer. Oui, Nadia était toujours aussi jolie et le simple fait de la regarder faisait augmenter mon rythme cardiaque. Par contre, de la voir agir de la sorte, prenant une poignée de terre dans sa main pour la sentir et ensuite y goûter, me donnait davantage le goût de rire que de la prendre dans mes bras pour lui avouer mon amour.

Heureusement, elle était beaucoup trop occupée pour s'apercevoir que je l'observais en souriant, tentant de retenir mes éclats de rire.

Malheureusement, elle était beaucoup trop occupée pour s'apercevoir que j'étais toujours en retrait, attendant un signe de sa part pour accourir prêt d'elle et tenter de conquérir son cœur.

- Il me faudrait quelque chose pour creuser, finit-elle par me lancer.

J'aurais bien aimé pouvoir lui trouver une pelle mécanique pour qu'elle puisse être impressionnée par mon exploit.

Mais tout ce que j'avais sur moi présentement et qui aurait possiblement pu servir à creuser était un frêle canif que m'avait offert ma grand-mère il y avait de cela une quinzaine années. Je l'avais apporté avec moi en me disant qu'il me serait peut-être finalement utile en cas d'urgence. Mais j'hésitais à le montrer à Nadia, sachant qu'il s'agissait d'un objet que j'avais obtenu alors que je n'étais pas en âge de manipuler des objets trop coupants. À une époque où ma grand-mère croyait que j'affectionnais particulièrement la couleur rose.

J'eus soudain une idée de génie, qui me sauva de l'embarras.

- Je pense que j'ai une pelle dans la voiture!, répondis-je avec un enthousiasme qui trahissait ma honte de devoir montrer mon canif au grand jour.

Effectivement, je traînais toujours une pelle dans le coffre de la voiture, au cas où je resterais pris dans la neige. Je gardais cette pelle même en été, ce qui m'évitait d'oublier de la remettre en place à temps pour la première tempête de l'année.

Nadia ne sembla pas trop impressionnée de me voir ainsi plein de ressources. J'aurais sûrement eu une plus grande réaction de sa part si je lui avais annoncé que j'allais revenir avec une pelle mécanique.

Je me dirigeai donc vers la voiture, songeant à ce que je pouvais bien dire ou faire pour rétablir le lien de confiance que je croyais avoir créé avec Nadia. Il me restait certes le chemin du retour à passer avec elle. Par contre, je ne croyais pas que ce serait aussi plaisant que notre voyage pour nous rendre jusqu'ici.

Je sentais malheureusement que le meilleur de notre courte relation était derrière nous. Les échanges joyeux et nos rires ne seraient bientôt que de vagues souvenirs. Je retournerais à ma routine quotidienne, et nos chemins risquaient de ne plus se recroiser.

C'était, bien sûr, sans me douter que nous allions bientôt devoir nous entraider afin de nous sortir d'un joli pétrin.

Chapitre 18

Je tentais de me débattre, mais sans succès.

- Allez chercher la fille et emmenez-là au camp, lança l'homme qui se trouvait à côté de ma voiture, un bâton de baseball à la main droite, à ses deux comparses qui se dirigèrent dans la forêt.

« Et ne lui faites pas de mal », ajouta-t-il, « c'est la fille de Ronald Létourneau ».

De mon côté, un solide gaillard m'immobilisait de ses deux bras imposants enroulés autour de moi.

Cela me rappelait malheureusement quelque chose de familier. J'avais une impression de déjà-vu, ou plutôt de déjà-vécu.

Le fait de voir cet homme à côté de ma voiture, un bâton de baseball à la main, n'avait rien pour me rassurer.

Par ailleurs, le fait qu'il avait précisé à ses hommes de « ne pas faire mal à la fille car elle était la fille de Ronald Létourneau » était sans doute beaucoup plus préoccupant pour moi. Je ne semblais pas être le fils de personne pour ces gens-là. Je ne savais donc pas trop ce qui les empêcherait de me faire mal...

- Tu dois te demander ce qui t'arrive, me lança l'homme au bâton.

Je cessai de me débattre inutilement, croyant qu'il pourrait être utile de garder mes forces pour plus tard.

- Je n'ai pas à savoir ce que vous faites, répondis-je, croyant que moins j'en saurais, meilleures seraient mes chances de survie.

L'homme se mit à rire.

- Je sais très bien que tu te meurs d'envie de comprendre ce qui t'arrive, me lança-t-il.

En fait, j'aurais bien aimé comprendre pourquoi je me retrouvais à nouveau dans cette situation inconfortable, mais pas au risque d'en mourir, pour reprendre son expression.

Sans qu'on ne me dise quoi que ce soit sur ce qui m'arrivait, j'étais persuadé que cela avait à faire avec la dernière agression contre moi, à la bibliothèque. J'étais convaincu que c'était la conséquence de ne pas avoir tout à fait respecté les consignes qu'on m'avait imposées jadis. Mais, bien sûr, je n'en avais encore pas la preuve.

- Je n'ai rien fait de mal, me contentais-je de dire.

Comme si cela suffirait à les convaincre de me relâcher.

- On t'avait pourtant demandé de changer ton histoire, me lança d'un ton menaçant l'homme qui s'avançait maintenant vers moi.

Voilà, c'était maintenant confirmé. Il y avait un lien avec ma dernière agression.

- Attendez!, criais-je, j'ai vraiment changé mon histoire!

Je disais la vérité en disant que je l'avais changée. J'omettais simplement de leur dire que je venais tout juste de revenir sur ma parole. D'ailleurs, comment pouvaient-ils savoir que je venais tout juste de tout avouer à Nadia?

- Alors, pourquoi est-ce que tu es revenu ici avec la fille?, me demanda l'homme au bâton.

Il ne semblait donc pas savoir que je venais de tout avouer à Nadia. Il supposait sans doute que j'avais changé ma version des faits parce que j'étais venu ici avec Nadia.

- Je peux tout expliquer, lançais-je, tentant de garder mon calme.

Ce n'était bien sûr pas facile de garder mon calme. J'avais ce colosse qui me retenait fermement. Heureusement, il n'abusait pas trop de son pouvoir, pour l'instant du moins. En face de moi se trouvait un homme avec un bâton de baseball dans la main. J'avais l'impression que la situation pouvait déraper à tout moment. Je me devais donc de ne pas provoquer mes agresseurs. Je ne pourrais sans doute pas résister très longtemps à un élan de violence de la part des deux hommes qui se trouvaient près de moi.

Je n'avais pas encore vu revenir les deux gaillards qui étaient partis chercher « la fille de Ronald Létourneau ». J'espérais que la fille de Ronald Létourneau avait réussi à leur échapper et qu'elle était partie chercher de l'aide. Mais je ne savais pas trop quelle aide pourrait bien se trouver dans les parages.

À part Bill, bien sûr!

Mais oui! Ce bon vieux Bill devait bien se trouver dans les parages!

Bon, ça ne faisait que trois jeunes adultes pour lutter contre quatre colosses. Quatre colosses, dont un qui semblait bien manier le bâton de baseball.

- Je n'ai pas trop envie d'entendre tes explications, me lança mon interlocuteur.

Je choisis de respecter sa volonté. Ce qui me paraissait l'option la plus sage dans les circonstances.

- Je vais plutôt te raconter ce qui s'est passé à cause de toi, ajouta-t-il.

Le seul point positif dans tout ça, c'est que j'allais finalement savoir pourquoi on semblait tant m'en vouloir.

L'homme n'eut pas la chance de commencer à me raconter mon histoire lorsqu'un des deux gaillards jaillit des bois, avec la fille de Ronald Létourneau qui se débattait en vain sur son épaule. L'autre complice le suivit, s'épongeant la bouche avec un mouchoir.

- Elle n'est pas commode, la petite peste!, lança celui qui semblait avoir reçu un coup sur la bouche et dont le mouchoir paraissait légèrement ensanglanté.

- Allez la porter au camp, ordonna celui qui avait interrompu son histoire pour regarder la fille de Ronald Létourneau défiler près de lui. J'arrive dès que j'ai fini avec l'autre peste.

Je compris que j'étais l'autre peste.

Je compris également qu'il voulait en finir avec moi.

Je jetai un coup d'œil vers Nadia et je vis qu'elle me jeta un regard. Je vis de la peur, mais aussi de la compassion dans les yeux. Elle semblait avoir compris que j'étais dans une moins bonne situation qu'elle.

Les deux gaillards s'éloignèrent et je ne savais pas trop quelle stratégie adopter. Je ne voyais pas vraiment de possibilité de fuir pour l'instant à cause du colosse qui me retenait. Mes chances de sortir gagnant d'un combat contre mes agresseurs semblaient par ailleurs presque nulles. Mon maigre canif rose ne faisait pas le poids contre le bâton de baseball de l'homme qui me faisait face. Il aurait sans doute fallu que je puisse atteindre la pelle que j'étais venu chercher dans ma voiture. Mais je n'avais présentement pas facilement accès au coffre de ma voiture. Ni à ma clé de voiture d'ailleurs. La fuite serait sans doute la meilleure option. Mais je doutais que cette option allait se présenter à temps…

Je me résolus donc à écouter calmement l'histoire que l'homme devant moi voulait bien me raconter, restant à l'affût pour toute opportunité qui me permettrait de fuir.

- Tu sais, mon garçon, nous ne faisons généralement pas de mal à personne, me lança-t-il à titre d'introduction.

J'imaginais déjà que j'allais être l'exception à la règle.

- Nous menons notre petite affaire ici et nous sommes bien tranquilles, nous ne dérangeons personne, ajouta-t-il. Nous faisons de l'import-export et nos clients sont pas mal satisfaits de nos produits. En tout cas, ils en redemandent toujours.

L'homme qui me retenait laissa échapper un rire qui coïncida avec une légère diminution temporaire de la pression sur mes bras. J'évitai de tenter de m'échapper à ce moment, mais je compris que j'avais tout avantage à ce qu'il rit encore.

- Malheureusement, certaines personnes semblent vouloir s'acharner contre nous, poursuivit-il. Au début de l'année, trois de mes hommes ont été arrêtés à cause de l'acharnement du père de ton amie.

Il pointa alors vers l'endroit où Nadia et les deux hommes qui la détenaient s'étaient dirigés quelques minutes plus tôt.

Selon ce que je pouvais comprendre, l'homme qui me parlait semblait être le chef de la bande. C'est ce que j'en avais déduit lorsque je l'avais entendu parler de « ses hommes ». Aussi, cette bande ne devait pas mener des affaires totalement légales. D'où la perception d'acharnement qu'il attribuait aux forces policières, et particulièrement au père de Nadia.

- Est-ce que j'allais rester là à ne rien faire?, me lança-t-il, le bâton de baseball levé en l'air. Bien sûr que non, se répondit-il à lui-même. J'ai averti le père de ton ami de nous laisser tranquilles. Et est-ce qu'il m'a écouté? Bien sûr que non! Il a arrêté un autre de mes hommes un mois plus tard. Il ne m'a donc pas laissé le choix, n'est-ce pas?

L'homme prit alors une pause et garda son regard sur moi, semblant s'attendre à une réponse de ma part.

- Je…J'imagine que non, finis-je par répondre, ne voulant pas trop le froisser.

- Eh bien, tu imagines bien, garçon! J'ai donc mis ma menace à exécution. Parce que je suis un homme de parole, moi!

Je sentis que son commentaire me visait directement. Il était un homme de parole, alors que je n'étais qu'un menteur. Voilà une distinction qui devait justifier, à ses yeux, sa volonté d'en finir avec moi.

- Il y a donc un de mes hommes qui est allé chercher son petit chien. Une belle petite bête qui nous a fait bien rigoler au camp, n'est-ce pas Frank?

Voilà donc que je connaissais le nom de celui qui me retenait.

Frank répondit d'un simple « oui, oui » et relâcha à nouveau temporairement la pression. Je restai calme, souhaitant qu'il gagne en confiance et qu'il se laisse aller un peu plus la prochaine fois qu'il rirait.

- Mais la petite bête était plutôt bruyante et elle risquait de nous causer des ennuis ici, ajouta-t-il. J'ai donc demandé à un de mes hommes de faire taire ce chien. Disons que nous ne l'avons plus jamais entendu, si tu vois ce que je veux dire, ajouta-t-il, mimant un tranchement de la gorge en faisant glisser son pouce en avant de son cou.

Voilà qui expliquait donc la mort de Poupou, le cou tranché.

J'étais bien content d'apprendre enfin la vérité. Mais je ne pouvais m'empêcher de penser que si l'homme me disait tout cela, ce n'était sans doute pas pour me laisser gambader à nouveau dans la nature. Je devais trouver un moyen de me sauver.

- Ce soir-là, les gars ont fait toute une fête, me lança-t-il, affichant un grand sourire. Nous avions reçu une livraison importante durant la journée et les gars avaient bien mérité de célébrer un peu. Sauf que le lendemain matin, nous nous sommes rendu compte que le corps du chien n'était plus au camp. Un des gars se souvenait que Ben s'était promené avec le corps du chien enroulé autour du cou comme s'il s'agissait d'un foulard de riche. Mais Ben ne s'en souvenait plus. Il pensait s'être perdu en allant au petit coin, pour finalement s'endormir par terre, sur le bord de la route. Mais, à son réveil, il n'y avait pas de trace du petit chien.

L'homme prit une pause et se mit à taper légèrement son bâton de baseball dans la paume de sa main gauche.

- Et quelques semaines plus tard, une petite peste trouve le chien et se dépêche à aller remettre le collier à son maître, dit-il.

Voilà donc que j'entrais en scène.

- Mais ce n'était pas une bonne idée, tu sais, me lança-t-il. Parce que cela pouvait amener le propriétaire du chien à soupçonner mes hommes et à vouloir venir dans le coin, ajouta-t-il. Heureusement que nous avons rencontré ton ami Bill quelques jours plus tard et qu'il nous a tout raconté. Cela a permis à Ben d'aller te retrouver et de te convaincre de changer ton histoire.

Bill! C'était donc lui le traître dans cette histoire!

Qu'est-ce qu'il était donc venu faire ici et pourquoi avoir été tout raconter à cette bande de bandits?

- Ton ami Bill a fait un si bon travail que nous l'avons engagé pour assurer la sécurité dans le secteur. Et tu vois à quel point il est efficace! Il est venu nous avertir que tu étais de retour dans le coin.

L'homme s'approcha alors de moi. J'étais maintenant à portée du bâton de baseball qu'il laissait pendre le long de sa jambe.

- C'est malheureux que ça se termine ainsi, n'est-ce pas?, ajouta-t-il.

Mon cœur battait maintenant à tout rompre. Je sentais que mes dernières secondes étaient arrivées.

Je me devais de tenter quelque chose.

- Je pourrais peut-être travailler pour vous, moi aussi, lançais-je, tentant de ne pas trop laisser paraître que j'étais vraiment désespéré.

L'homme se mit à rire. Il se mit également à exagérer son rire, comme s'il voulait me faire sentir à quel point ce que je venais de dire était ridicule.

Dans son exagération, il se plia légèrement vers l'avant, comme si le rire lui coupait le souffle.

Le colosse qui me retenait semblait également se sentir dans l'obligation de rire, même si cela ne semblait pas sincère, lui non plus.

C'était sans doute ma dernière chance de tenter de m'échapper.

Je soulevai rapidement ma jambe droite et écrasai les orteils de celui qui me retenait en y mettant toutes les forces que je pouvais avoir.

Dans mon esprit, ce coup aurait été suffisant pour fendre un tronc d'arbre en deux.

Dans la réalité, l'homme portait sans doute des bottes avec un protecteur d'acier, comme en portent les gens travaillant dans la construction. C'est donc mon talon qui en ressentit le contre-choc.

L'homme devant moi arrêta alors de rire brusquement. Il me jeta un regard sévère.

- Qu'est-ce que tu fais là, mon garçon?, me lança-t-il. Tu ne veux pas assumer les conséquences de tes gestes, comme un vrai homme?, ajouta-t-il.

À ce moment, un homme surgit au loin devant moi et cria que la fille de Ronald Létourneau était maintenant prête à coopérer. L'homme au bâton de baseball leur répondit d'attendre deux minutes et se retourna à nouveau vers moi.

- Tu es chanceux qu'on ait besoin de moi, me dit-il en serrant les dents. Mais ce n'est que partie remise, ajouta-t-il.

Chaque seconde que je pouvais gagner serait une bonne nouvelle. Par contre, je m'inquiétais aussi à savoir ce qui allait arriver à Nadia. Je ne savais pas trop ce que « coopérer » voulait dire pour ces gens.

- Tu vas maintenant remettre tes clés de voiture à Frank, m'ordonna l'homme en me glissant le bout de son bâton de baseball sous le menton.

Frank enleva alors doucement la pression qu'il exerçait sur mes bras et me donne la permission d'aller chercher mon trousseau de clés qui se trouvait dans la poche du côté droit de mon pantalon. Malheureusement, un mélange de nervosité et d'une récente contrainte musculaire fit en sorte que je ne contrôlais pas tous les gestes posés par ma main droite, de sorte que mon téléphone cellulaire, qui se trouvait dans la même poche que mon trousseau de clés, se retrouva aux pieds de mon assaillant.

Je remis sagement le trousseau à Frank, qui se pencha ensuite prudemment pour ramasser mon téléphone cellulaire, affichant un grand sourire.

- Très bien, me dit calmement l'homme au bâton, en tendant la main vers Frank, qui lui lança le trousseau et le téléphone et m'agrippa brusquement.

L'homme rangea mon téléphone dans sa poche arrière gauche et alla ensuite ouvrir le coffre arrière de ma voiture. Il en fouilla le contenu et en sortit la pelle que j'étais venu chercher.

- Je ne pense pas que tu auras besoin de ça, me lança-t-il. Tu vas entrer là-dedans et nous nous occuperons de toi plus tard, m'ordonna-t-il.

Je n'eus pas besoin de faire beaucoup d'effort pour monter dans le coffre de la voiture, grâce à l'aide de Frank qui me dictait pas mal les gestes à poser. Et qui m'aidait beaucoup à me déplacer. En fait, j'aurais pu faire le mort et je me serais sans doute retrouvé aussi vite dans le coffre.

Je me retrouvai ainsi emprisonné dans cet endroit clos à l'arrière de ma voiture, dans une pénombre complète.

Je tentai d'écouter ce qui se passait à l'extérieur, portant attention à chaque petit craquement, lorsque j'entendis un bruit assourdissant. Mes mains se précipitèrent à mes oreilles et j'entendis malgré tout un autre bruit similaire se reproduire.

Il y eut un moment de calme par la suite. Je ne savais plus s'il s'agissait des effets secondaires du bruit ou simplement des battements affolés de mon cœur qui résonnaient dans ma tête. Je n'osai pas retirer mes mains de mes oreilles, de peur qu'il y ait une récidive du bruit externe.

J'avais deviné que le bruit venait de l'homme qui avait frappé son bâton de baseball sur le coffre avec enthousiasme. Sans doute pour me laisser un avant-goût de ce qui m'attendait.

Deux autres coups suivirent et je me félicitai d'avoir gardé les mains sur les oreilles.

Il y eut à nouveau un silence et je gardai les mains sur mes oreilles, ne sachant pas trop à quel moment ce manège allait s'arrêter.

Chapitre 19

J'y étais presque.

Il fallut un peu de temps avant que je sois en mesure de localiser une des cordes qui retenaient la banquette arrière de la voiture. Mais je l'avais maintenant bien en main et j'utilisais joyeusement mon canif rose pour couper cette fameuse corde.

La corde finit par céder.

Il n'en restait que deux et je pourrais enfin sortir de ce coffre en faisant basculer le dossier de la banquette.

En autant que mes assaillants ne soient pas de retour avant d'avoir terminé ma besogne.

Je ne perdis pas une seconde et me mis rapidement à la recherche de la deuxième corde, tâtant aveuglement le derrière de la banquette à la même hauteur que la corde précédente.

Je parvins rapidement à la localiser et me remis à utiliser mon joli canif rose. Canif rose qui, dans l'obscurité, me paraissait comme l'outil parfait.

La deuxième corde venait de céder à son tour et je me dépêchai à localiser la troisième et dernière corde. Celle qui me séparait de ma liberté et des rayons de lumières.

La troisième corde ne résista pas trop longtemps à l'assaut de mon outil chéri. Je me positionnai alors pour être en mesure de pousser sur le dossier de la banquette avec mon pied droit.

La banquette se replia et me permit de passer à l'arrière de ma voiture. Mes yeux, qui s'étaient habitués à la pénombre, furent éblouis par les rayons du soleil. Je les gardai donc plissés un moment, le temps de parcourir rapidement du regard les lieux autour de la voiture, m'assurant que personne ne se trouvait à proximité.

Je ne savais pas exactement combien de temps j'avais passé dans le coffre de ma voiture. Sans montre et sans téléphone cellulaire, j'avais quelque peu perdu la notion du temps. De plus, je ne pouvais pas fier sur mon appétit pour m'indiquer si nous étions près de l'heure d'un repas, puisque mon estomac avait pris congé afin de permettre à mes organes dédiés à ma survie d'avoir toute l'attention requise de la part de mon cerveau.

Bref, ce ne fut sans doute que quelques minutes, mais j'avais eu le temps de réfléchir à ce que devrait être la suite des événements. La première étape de mon plan était de m'assurer que personne ne me surveillait. Ce que je venais de faire.

J'avais compris que, n'ayant malheureusement plus la clé de ma voiture, je ne pouvais m'enfuir aussi facilement. Je devais donc me sauver autrement.

La deuxième étape de mon plan était de me procurer une arme pour me défendre. Une arme plus imposante que mon canif rose. Je le remis ainsi dans la poche gauche de mon pantalon et glissai ensuite le haut de mon corps dans le coffre de la voiture. Je soulevai habilement le tapis qui cachait le pneu de secours et la quincaillerie nécessaire pour changer un pneu crevé. Je saisis la barre de métal qui servait de levier au cric. Je revins ensuite à l'arrière du véhicule.

J'avais mon arme.

Je repoussai alors le dossier de la banquette pour le remettre à sa place. La troisième étape de mon plan était que mes agresseurs ne s'aperçoivent pas immédiatement que j'étais parti, s'ils regardaient dans la voiture avant d'ouvrir le coffre. Comme ils ignoraient qu'il était possible de sortir du coffre en passant par l'intérieur du véhicule, ils croiraient sans doute que je mis trouvait toujours.

Je jetai à nouveau un regard à l'extérieur de la voiture et constatai que personne ne se trouvait dans les parages. Je pouvais donc passer à la dernière étape de mon plan. Une fois accomplie, je devrais me trouver de nouvelles étapes à suivre.

Je sortis de la voiture, me repliai pour éviter de me faire remarquer si quelqu'un devait surgir au loin, et me dirigeai rapidement vers la forêt.

Les désavantages de la fuite en forêt étaient le craquement des branches au sol et le fait que je ne pouvais pas courir aussi vite que je l'aurais voulu, devant contourner les divers obstacles qui se trouvaient sur mon chemin.

Par contre, cela me donnait une grande surface pour me déplacer et, si je restais immobile un moment, mes agresseurs auraient sans doute beaucoup de difficulté à me retrouver.

Je me déplaçai donc quelques minutes à travers les arbres, jetant sans arrêt des regards à l'arrière de moi pour m'assurer que personne ne me suivait.

Poursuivant ma fuite, je me retrouvai soudain dans une éclaircie, devant la rivière.

Je pouvais, au loin, apercevoir le pont que nous avions traversé avant d'arriver au terrain.

Je décidai alors de revenir sur mes pas, le temps de me cacher dans la forêt près de la rivière et de réfléchir aux prochaines étapes de ma fuite, tout en gardant mon regard sur la route au loin.

Pour la première fois depuis ce qui me semblait une éternité, je me sentais à nouveau en sécurité. J'étais assez loin de la route pour ne pas me faire apercevoir. Selon moi, mes assaillants ne pourraient pas me retrouver aussi facilement, à moins de refaire le trajet que je venais de faire à travers les arbres.

Je continuais de surveiller le pont au loin, me demandant comment je pourrais regagner la route et embarquer dans un camion de bois qui finirait sans doute par y passer. La route me semblait être ma seule porte de sortie. Sinon, je devrais sans doute trouver une façon de récupérer la clé de Citrouille, mais je devrais affronter mes assaillants pour y arriver. Une autre solution serait de m'enfoncer très profondément dans la forêt et d'y rester jusqu'à ce qu'on m'y retrouve. En espérant que ce ne soit pas mes assaillants qui y parviennent en premier.

Il y avait aussi Nadia, que j'avais pour l'instant abandonnée pour sauver ma propre peau.

Je restai ainsi caché un bon moment. Je n'avais pas réussi à retrouver la notion du temps, mais je pouvais percevoir que le soleil se coucherait dans un avenir pas trop lointain. J'avais dû rester plus longtemps que je le croyais dans le coffre de la voiture ou encore caché dans les bois à me demander quelles seraient les prochaines étapes pour me sortir d'ici.

J'en étais à réfléchir à tout cela, les idées se percutant dans ma tête, lorsque je perçus un bruit de moteur au loin. En fait, cela semblait être un moteur que l'on pousse à sa limite. Était-ce une scie mécanique?

J'eus à peine le temps de m'imaginer mes assaillants en train de me poursuivre dans la forêt une scie mécanique à la main que j'aperçus la source de ce bruit.

C'était Citrouille. Ma fidèle Citrouille.

La scène se déroula très rapidement sous mes yeux, mais sembla malgré tout se dérouler très lentement, comme lorsqu'on appuie sur la touche « ralenti » en visionnant un film.

Je vis Citrouille jaillir soudainement sur la route, comme si elle tentait de se sauver à toute vitesse d'une catastrophe imminente.

Sans trop savoir pourquoi, Citrouille sembla quitter la route et passa à côté du pont. Je la vis disparaître à l'arrière du pont pour ensuite apparaître tout aussi rapidement.

Elle fit alors une chute abrupte dans la rivière. Son nez alla s'écraser dans le fond de la rivière et le capot se plia comme une simple feuille de papier. À cause de la distance qui me séparait de la scène, je ne pouvais pas voir qui était le conducteur, ni s'il y avait des passagers.

Citrouille termina sa chute brutalement, l'arrière de la voiture s'écrasant lui aussi dans la rivière. Je ne pouvais pas m'imaginer ce qui me serait arrivé si j'étais resté prisonnier du coffre arrière de la voiture.

Je réalisai à ce moment que, bien que chanceux d'être encore en vie et en un seul morceau, je ne pourrais pas utiliser Citrouille pour me sauver d'ici.

J'en déduisis aussi qu'un de mes assaillants avait décidé d'utiliser Citrouille. Mais le moteur n'ayant pas fonctionné depuis longtemps, Citrouille s'était à nouveau emballée. Et avait rapidement foncé vers la rivière, amenant le conducteur avec elle avant que ce dernier n'ait eu le temps de réagir. Et il y avait possiblement un ou des passagers à l'intérieur.

Quelques secondes plus tard, je vis une voiture noire s'immobiliser brusquement sur le pont. Deux hommes en sortirent et se précipitèrent en direction de Citrouille.

Les fenêtres de la voiture noire étaient teintées et je ne pourrais donc pas voir s'il y avait quelqu'un à l'intérieur même si je décidais de m'approcher du véhicule.

Jusqu'à maintenant, j'avais seulement vu quatre personnes qui faisaient partie de ce que j'appellerai la bande des méchants. Il y avait l'homme au bâton de baseball, Frank et les deux personnes qui étaient allées chercher Nadia pour l'amener au camp.

Et il y avait Bill.

Donc, j'avais dénombré quatre méchants et un Bill sympathisant des méchants. Mais j'ignorais s'il y en avait d'autres au camp. Et la distance m'empêchait de déterminer combien de personnes se trouvaient à l'intérieur de Citrouille au moment de l'accident. Je pouvais seulement en déduire qu'il y avait au moins le conducteur. Et il y avait aussi ceux qui étaient descendus de la voiture noire. Donc, trois personnes au total sur une population connue de cinq. En assumant que j'avais vu toute la bande jusqu'à présent. Si c'était le cas, il restait au moins deux personnes au camp. Même avec mon arme, je me retrouvais en infériorité numérique…

Je vis un des deux hommes retourner à la voiture noire, ouvrir le coffre arrière avec une clé, en sortir une couverture et une sorte de petite valise et refermer le coffre arrière. Il ouvrit ensuite une des portes arrières et sembla discuter avec quelqu'un. Je vis alors un homme sortir par la porte arrière et courir en direction du camp. L'homme ressemblait beaucoup à Bill, mais je ne pouvais pas en être certain. L'homme qui avait pris la couverture et la valise retourna aussitôt en direction de Citrouille. Vu d'ici, j'avais l'impression que c'était la panique chez les méchants.

Je décidai de rester en retrait pour l'instant. Je devais être en mesure de savoir plus précisément combien d'autres méchants viendraient du camp pour porter assistance à ceux qui avaient eu l'accident. Je ne souhaitais pas me diriger vers le camp et me retrouver seul devant une armée de mercenaires. En fait, l'idéal aurait été qu'il n'y ait plus personne au camp. Et que je puisse y trouver une voiture pour me sauver d'ici. Mais le tout demeurait difficile à évaluer, n'ayant pas assez de certitude sur le nombre total d'adversaires à affronter.

Pour l'instant, les deux hommes qui étaient sortis de la voiture noire pour s'approcher de Citrouille avaient ouvert toutes les portières, mais je ne parvenais pas à distinguer s'il y avait des occupants sur tous les sièges ni à comprendre exactement ce que les deux hommes cherchaient à accomplir. J'étais trop loin pour voir précisément ce qui se passait.

Après quelques minutes d'attente qui me permirent de m'imaginer quelques scénarios d'évasion, j'aperçus une camionnette noire arriver en trombe et s'immobiliser avant le pont. Deux hommes en sortirent : l'homme qui était parti au camp à la course et qui ressemblait toujours à Bill, et un autre homme un peu plus corpulent. Celui qui ressemblait à Bill se dirigea en boitant vers Citrouille, alors que l'autre s'affaira à tirer sur un câble muni d'un crochet qui semblait être accroché à un treuil à l'avant de la camionnette. Je compris alors qu'ils avaient l'intention de tirer Citrouille hors de sa fâcheuse position.

Il y avait donc au moins cinq méchants sur la scène de l'accident. En fait, quatre méchants et celui qui ressemblait à Bill.

Tous les méchants, ainsi que l'homme-qui-ressemblait-a-Bill, allaient sans doute passer beaucoup de temps à tenter de sortir Citrouille de sa fâcheuse position. Je ne savais pas trop si je devais me diriger vers le camp ou si je devais plutôt tenter de m'emparer de la voiture noire pour prendre la fuite. Malgré tout, je décidai de m'approcher silencieusement de la scène, me disant que j'allais peut-être avoir une meilleure idée de ce que je devrais faire en y voyant de plus prêt.

Je pris donc bien soin de m'approcher sans me faire remarquer. J'apercevais maintenant plus clairement celui qui ressemblait à Bill et je pouvais confirmer qu'il s'agissait bien de lui. Il s'affairait maintenant à aider ses employeurs à attacher le treuil sur Citrouille.

Tout à coup, un des méchants alla voir Bill et sembla lui donner des instructions. Il remonta alors sur le pont, toujours en boitant, et se dirigea vers la voiture noire.

J'étais à quelques mètres du pont et j'avais arrêté de m'en approcher lorsque je vis Bill qui s'y dirigea. Pendant ma récente progression jusqu'à ce point précis, j'avais décidé qu'il serait sans doute trop risqué de me rendre jusqu'au camp. Même si Nadia s'y trouvait encore, le mieux à faire serait de prendre la voiture noire et de filer pour aller chercher de l'aide. M'aventurer jusqu'au camp alors que j'ignorais combien de personnes s'y trouvaient aurait été suicidaire et je n'aurais sans doute pas été en mesure de libérer Nadia de toute façon.

Maintenant que Bill retournait à la voiture noire, je me demandais si cela changeait mes options. Il restait trois méchants actifs autour de Citrouille, un conducteur qui ne semblait pas être sorti de Citrouille depuis l'accident et Bill, qui ouvrait maintenant une portière arrière de la voiture noire pour s'y engouffrer.

Que pouvait-il bien faire dans la voiture noire?

S'il avait voulu se rendre à un autre endroit, il aurait utilisé une portière à l'avant.

S'il avait voulu y récupérer quelque chose, il n'aurait sans doute pas refermé la portière derrière lui.

Mathématiquement, il ne pouvait pas y avoir plus que cinq passagers dans la voiture. Les deux hommes qui se trouvaient à l'origine à l'avant étaient en train d'aider leurs collègues dans la rivière. Bill était assis à l'arrière et il restait deux places. Mais il était peu probable que d'autres méchants s'y trouvent, puisqu'ils auraient sans doute également accouru pour aller porter assistance à leurs collègues.

Par déduction, il y avait donc peu de chance qu'il y ait d'autres méchants à l'intérieur de la voiture noire. Avec mon arme improvisée, j'avais sans doute la possibilité de convaincre Bill de quitter cet endroit. S'il refusait d'obtempérer, je n'hésiterais pas à le neutraliser. Sans doute qu'un bon coup sur la jambe qui semblait lui faire déjà mal permettrait de m'en tirer à bon compte.

En me dirigeant vers la voiture noire, je fis un petit détour pour longer la camionnette des méchants. Je me penchai à côté du pneu arrière gauche et y enfonça mon fidèle canif rose. Sans faire trop de bruit, le pneu commença à libérer un peu d'air.

Je me précipitai par la suite vers la voiture noire, les jambes pliées et le dos courbé pour me faire le plus petit possible. Je ne voulais surtout pas me faire remarquer par les méchants qui s'affairaient autour de Citrouille.

La portière arrière droite de la voiture noire, que Bill venait d'utiliser, était encore fermée. Je posai doucement ma main droite sur la poignée, serrant la barre de métal dans mon autre main, et ouvris la porte d'un geste rapide et convaincant.

J'aperçus alors Bill qui s'affairait à tenter de maîtriser une Nadia qui se débattait à ses côtés, les mains et les pieds liés, un ruban gommé sur la bouche.

Bill fut sans doute surpris de voir la portière s'ouvrir si brusquement et tourna alors la tête vers moi. Je pris soin de lui faire voir la barre de métal que je tenais de ma main gauche.

- Tu fais un geste et je te frappe, lançais-je à Bill, d'une voix ferme mais étouffée, tentant de ne pas me faire remarquer par d'autres méchants tout en ayant l'air suffisamment convaincant.

Bill parut surpris de mon intervention et il relâcha Nadia quelques secondes.

Nadia en profita pour lui asséner un coup de coude dans les côtes et je vis le visage de Bill me communiquer un soudain élan de douleur. Heureusement pour lui, il n'avait pas crié, ce qui m'aurait forcé à utiliser ma fidèle compagne de métal.

- Tu as deux secondes pour décider si tu es avec nous ou contre nous, lui lançais-je alors, percevant qu'il se retrouvait en mauvaise position pour négocier.

Bill se retourna alors vers Nadia et lui saisit les bras.

- Arrête de me frapper, lui lança-t-il. Je suis avec vous, se dépêcha-t-il d'ajouter.

Bill n'avait donc pas pris trop de temps à réfléchir. Ce qui était un avantage pour nous tous, puisque chaque seconde qui passait augmentait le risque de notre évasion.

- Enlève-lui le ruban qu'elle a sur la bouche, ordonnais-je alors à Bill.

- Je ne pense pas que c'est une bonne idée, me répondit-il. Elle risque de crier de douleur et alerter tout le monde.

Pour une des rares fois depuis que je connaissais Bill, je devais avouer qu'il avait répondu de manière intelligente et logique. Nadia continuait de se débattre et à tenter de dire quelque chose, mais la présence du ruban gommé l'empêchait de se faire comprendre.

- Alors détache-la tout de suite, lui ordonnais-je.

Bill commença à tenter de détacher Nadia, mais les cordes ne semblaient pas vouloir céder. Je n'avais pas le choix, je devais agir vite.

- Tiens, utilise ça, lui dis-je en lui tendant mon fidèle canif rose.

Je vis la peur dans les yeux de Nadia.

Effectivement, il était sans doute imprudent de remettre le canif à Bill sans trop savoir si sa fidélité à notre groupe allait tenir bien longtemps. Mais il fallait faire vite. Et je ne pouvais pas aller couper moi-même les cordes qui entouraient les mains et les pieds de Nadia. J'aurais dû passer par la portière située à l'autre côté de la voiture pour m'exécuter, ce qui aurait permis à Bill de filer et rejoindre les autres méchants. Sinon, j'aurais dû me pencher par-dessus Bill pour tenter l'opération, ce qui m'aurait rendu vulnérable envers lui.

Je tenais la barre de métal fermement, à deux mains, prêt à intervenir si Bill faisait le malin avec mon canif.

Mais Bill s'exécuta à merveille et prit même la peine de me remettre le canif. Si son objectif était de nous démontrer que nous pouvions lui faire confiance, il venait de marquer de bons points.

Nadia commença alors à tenter de retirer d'elle-même le ruban gommé qui l'empêchait de se faire comprendre et elle commença à gémir de douleur. Je m'étais retrouvé à quelques reprises dans ma vie avec quelque chose de collant que je devais retirer de ma peau et je n'en gardais pas de bons souvenirs. Le ruban gommé utilisé par les méchants semblait être bien attaché aux contours de la bouche de Nadia.

- Lorsque tu auras arraché le ruban, tu retiendras tes cris en mettant ta bouche sur ton bras, lui conseilla notre nouvel allié assis à côté de Nadia.

Bill et moi regardâmes Nadia s'exécuter avec le ruban gommé et elle étouffa ses cris dans son bras. Je jetai un coup d'œil aux environs, afin de m'assurer que personne n'avait perçu le son étouffé. J'étais toujours debout à côté de la portière arrière, songeant aux prochaines étapes.

- Il faut qu'on sorte d'ici, lança une Nadia qui tentait en vain d'ouvrir la portière à ses côtés, mais qui n'y parvenait pas.

- Attends un peu, lui lançais-je, sans trop savoir comment la rassurer. Combien de tes méchants amis y a-t-il dans les parages?, demandais-je à Bill.

Le mot « méchant » sembla le surprendre un peu.

- Tout le monde est en train d'essayer d'aider Frank et Tom qui sont dans la voiture qui est tombée dans la rivière. Comme je me suis tourné la cheville en allant chercher la camionnette, ils m'ont demandé de venir voir si la fille était correcte. Ils ont sans doute besoin d'aide...

Mon regard suffit à lui répondre que nous n'allions pas nous proposer pour les aider. Nous devions quitter ces lieux immédiatement.

Je jetai un bref coup d'œil à l'intérieur de la voiture et constatai que la clé n'était pas dans le contact.

- Où est la clé de la voiture?, demandais-je à Bill.

- C'est sans doute Michel qui l'a, répondit-il. C'est lui qui conduisait.

Je tentai de réfléchir à la prochaine étape.

- On doit partir d'ici, répéta Nadia, qui tentait toujours d'ouvrir la portière.

- Oui, je sais, lui lançais-je. Je vais aller t'ouvrir, ajoutais-je, la porte doit être verrouillée de l'intérieur comme lorsqu'il y a de jeunes enfants. Toi, tu attends ici, ordonnais-je à Bill.

Je refermai doucement la portière et me déplaçai vers l'arrière de la voiture pour me rendre du côté de Nadia.

En passant près du coffre, j'aperçus un trousseau de clés attaché à la serrure du coffre.

Wow!

L'homme qui était revenu chercher quelque chose dans le coffre arrière de la voiture avait laissé la clé dans la serrure.

Je me dépêchai à prendre la clé et allai rapidement ouvrir la portière de Nadia, prenant bien soin de ne pas faire de bruit.

- J'ai la clé!, chuchotais-je énergiquement, fier comme si je venais de trouver un trésor datant de Moyen Âge mais que je voulais que ma découvert demeure un secret.

- Je passe à l'avant, me répondit Nadia, sans doute impatiente de retrouver une portière dont elle aurait le contrôle.

- Je vais conduire, lui lançais-je. Je te laisse ceci, ajoutais-je en lui donnant la barre de métal. N'hésite pas à t'en servir si c'est nécessaire, pris-je le soin d'ajouter, jetant un regard vers Bill.

- Ne t'inquiète pas, me répondit-elle. Je n'hésiterai pas.

J'étais convaincu qu'elle n'hésiterait pas du tout.

Je n'aurais pas voulu être à la place de Bill en ce moment.

Malgré que ma place n'était pas nécessairement beaucoup plus agréable, en tant que victime qui tentait de se sauver de ses ravisseurs.

Je pris donc place à l'avant du véhicule et pris soin de refermer la portière tout doucement. Nadia fit de même du côté passager.

Sans prononcer le moindre mot, nous semblions agir de concert, comme deux partenaires parfaitement synchronisés.

- Si tu veux rejoindre tes complices pour les aider, c'est ta dernière chance, lançais-je à Bill.

- Je ne pense pas, me répondit Bill. S'ils apprennent que je vous ai laissé partir, je ne suis pas mieux que mort.

- Mais tu dois être avec nous jusqu'à la fin, pris-je la peine d'ajouter.

- La fin de quoi?, me demanda Bill.

- La fin de ce cauchemar, lui lançais-je. Si ta bande finissait par nous rattraper, il faudrait être certain d'être au moins trois contre les trois méchants qui sont en état de nous nuire.

Bill sembla réfléchir quelques instants, pendant que je mettais la clé dans le contact.

- Je suis avec vous, finit-il par déclarer.

- C'est bien, lui répondis-je avec le sourire, n'étant malheureusement pas convaincu qu'il ne changerait pas de camp si jamais notre plan d'évasion ne fonctionnait pas. Et n'étant pas convaincu qu'il pourrait nous aider autant que voulu, avec sa blessure à la cheville.

Je fis partir le moteur et me mis à penser qu'habituellement, dans les histoires d'horreur, c'est toujours à ce moment que la voiture refuse de démarrer. Pour l'instant, rien ne semblait pouvoir nous empêcher de fuir.

Je poussai doucement sur l'accélérateur, prenant bien soin de ne pas éveiller les soupçons des méchants, et me mis à accélérer tranquillement à la sortie du pont.

Je jetai un coup d'œil dans le rétroviseur et ne vis personne surgir sur le pont.

Le pont qui, d'ailleurs, devenait de plus en plus petit dans le rétroviseur et finit par devenir une simple ligne avant de disparaître.

Chapitre 20

Je savais maintenant comment se sentait un héros au sommet de sa gloire.

J'étais un héros au sommet de sa gloire.

Tel un preux chevalier, j'avais réussi à libérer ma princesse des griffes du méchant dragon et je la conduisais maintenant en sécurité. J'avais même réussi à convertir un vilain guerrier en le ramenant dans le droit chemin.

Je me sentais rempli d'adrénaline, d'endorphine, de sérotonine et de toute autre hormone qui donnait l'impression que plus rien au monde ne pouvait m'arriver.

J'étais invincible.

J'étais prêt à rouler pendant des jours et des nuits, sans dormir, sans manger.

Je ne savais plus vraiment si les pneus de la voiture étaient encore sur la route, ou si la voiture noire volait simplement entre les arbres, à quelques centimètres du sol.

- Je crois qu'on les a semés, lança subitement Bill qui s'était retourné pour jeter un coup d'œil à la route derrière la voiture.

Bien sûr que nous les avions semés. Mais j'aurais été prêt à affronter toute la bande de méchants s'il le fallait.

À main nue.

Les yeux bandés.

- Il ne faudrait pas crier victoire trop tôt, lança Nadia sans quitter la route des yeux. Nous ne sommes pas encore rentrés à la maison, ajouta-t-elle.

Je jetai un bref regard en sa direction. Autant je pouvais me sentir bien, autant je percevais que Nadia ne respirait pas le bonheur. Elle affichait un air anxieux, se rongeait les ongles, le regard vide fixé sur son téléphone cellulaire.

- Les téléphones ne fonctionnent pas ici, lui lançais-je, sachant que je ne lui apprendrais pas grand-chose.

- Est-ce que tu sais à partir de quel endroit il fonctionnera?, me demanda-t-elle sans détourner son regard.

- Je ne sais pas trop, je crois qu'il ne fonctionnait même pas au garage dont les toilettes ne sont plus accessibles, lui répondis-je.

Ce qui ne rassura guère la belle Nadia.

Il faut dire que nous l'avions échappé belle. Je réalisai soudain que je ne savais pas vraiment ce que les méchants avaient fait à Nadia durant son séjour au camp, pendant que les deux assaillants me retenaient près de Citrouille.

- Est-ce que ça va?, demandais-je à Nadia.

Bien que je regardais attentivement la route devant moi, je fus en mesure de percevoir la réaction de Nadia par l'extrémité du champ de vision de mon œil droit.

Nadia me regarda comme si je lui avais demandé si elle respirait encore ou si elle avait toujours ses deux jambes. Bref, elle me donna l'impression d'avoir posé la question la plus stupide qu'elle ait entendue. Évidemment, comment pouvait-elle bien se porter après avoir vécu une telle épreuve?

- Je veux dire, tu tiens le coup?, ajoutais-je vitement avant que Nadia ne puisse verbaliser sa réaction.

- Oui, ça va, me répondit-elle sans grand enthousiasme.

Pendant ce temps, Bill jetait périodiquement des regards nerveux à travers la fenêtre arrière de la voiture, semblant craindre d'y voir apparaître ses anciens complices.

La voiture commençait à être enveloppée d'un lourd silence qui ne faisait qu'augmenter ma hâte d'arriver à destination.

L'effet de mes hormones du bonheur s'estompait rapidement et je me sentais retomber dans les bras de l'angoisse.

Pendant que personne ne parlait, je jetai un coup d'œil au tableau de bord de la voiture, cherchant à voir si le niveau d'essence était adéquat. Heureusement, la lecture de l'indicateur m'indiqua que nous n'aurions pas besoin de nous arrêter au poste d'essence dont Nadia avait subtilement subtilisé la clé. Cette bonne nouvelle ne me permit toutefois pas de retrouver mon élan d'entrain.

- Au moins, on sait maintenant pourquoi le collier de Poupou s'est retrouvé sur le terrain, lançais-je à mes deux compagnons de voyage, tentant de briser le silence.

Nadia se retourna rapidement vers moi, les yeux interrogateurs. Je réalisai alors que j'étais le seul des trois à avoir entendu la confession de nos assaillants.

- Qu'est-ce que tu veux dire?, me demanda Nadia avec empressement, comme si elle venait subitement de reprendre goût à la parole.

- Eh bien…que c'est un gars de la bande de méchant qui avait enlevé Poupou pour se venger de ton père et que…

Je n'eus pas le temps de terminer ma phrase que Nadia m'interrompit.

- Comment est-ce que tu as appris ça?, me demanda-t-elle.

Je pris quelques secondes avant de répondre, savourant doucement le regain d'intérêt qu'elle avait pour moi. Bill, de son côté, se faisait plutôt discret depuis le début du voyage.

- Eh bien, pour faire une histoire courte, pendant que Michel...C'est bien ça le nom de celui qui me menaçait avec un bâton de baseball, n'est-ce pas?, demandais-je à Bill, cherchant à le faire sentir un peu coupable de cette mésaventure.

- Oui...c'est Michel...mais les gars l'appellent Mike, répondit Bill d'une voix monotone.

- Bon, alors, pendant que Michel menaçait de m'éclater la cervelle avec son bâton de baseball, continuais-je en prenant bien soin de choisir des mots assez dramatiques, il m'a raconté qu'il avait envoyé un de ses hommes kidnapper Poupou pour se venger de ton père, qui nuisait à leurs opérations...

Nadia m'interrompit à nouveau, tentant de cacher l'excitation dans ses yeux.

- Attends un peu, Pierre-Alexandre, me lança-t-elle, me faisant signe de ralentir avec ses deux mains. Tu es en train de me dire qu'il y a un de ces hommes qui t'a avoué avoir fait kidnapper Poupou...

Je n'eus pas le temps de répondre que, déjà, Nadia se tourna vers Bill.

- Est-ce que tu étais au courant de cette histoire?, lui demanda-t-elle.

- Non...en fait...pas tout à fait, se contenta-t-il de répondre.

- Qu'est-ce que tu veux dire, insista-t-elle.

- Que...que je savais que le chien était mort et enterré là...et qu'ils ne voulaient pas que cela se sachent...et...

- Et quoi?, s'impatienta Nadia

- Et qu'ils m'ont demandé qui avait pris le collier, ajouta-t-il.

- Qui t'a demandé ça?, insista à nouveau Nadia.

Pendant que Bill se faisait griller sous l'interrogatoire de Nadia, je poursuivais ma conduite sur la route sans fin qui se dressait devant moi. Le soleil commençait à se coucher et j'avais légèrement ralenti la cadence, de peur de devoir m'arrêter brusquement devant un chevreuil qui aurait décidé de venir visiter cette belle route de terre.

- Mike, je crois, finit par répondre Bill. Je ne sais plus trop...

- Eh bien écoute-moi bien, lui lança Nadia en le pointant sévèrement du doigt. Je te conseille fortement de te rappeler précisément de ce qui s'est passé, ajouta-t-elle. Si tu ne veux pas être condamné pour complicité d'enlèvement et de tentative de meurtre, tu es mieux de collaborer avec les policiers et d'envoyer tes petits camarades en prison.

- Quoi? Complicité et tentative de meurtre!, s'exclama Bill.

- Bien oui mon grand, répondit sèchement Nadia. Coopérer avec quelqu'un qui veut tuer des gens, c'est un peu ça la définition d'une complicité pour tentative de meurtre!

Avec tous ces événements qui s'étaient précipités dernièrement, j'avais perdu mon pouvoir de lancer une petite blague pour détendre l'atmosphère dans une situation tendue comme celle-là. Cette fois, Bill allait devoir se débrouiller sans mon sens de l'humour.

- Ce que je vais vous dire s'applique à vous deux, affirma Nadia, ne laissant pas le temps à Bill de réagir à sa dernière affirmation. Vous allez devoir être très précis dans votre témoignage aux policiers et vous assurer de répéter la même histoire devant le juge et les jurés, ajouta-t-elle. Il n'est pas question que les avocats de ceux qui nous ont fait ça trouvent des incohérences dans vos témoignages, conclut-elle.

- Et ça vaut pour toi aussi!, s'empressa d'ajouter Bill. Et vous devez tous les deux vous rappeler que je vous ai aidés à vous sauver de cet endroit, ajouta-t-il.

Nadia et moi restâmes silencieux un moment, ce qui énerva grandement Bill.

- Vous allez témoigner en ma faveur, n'est-ce pas?, finit-il par nous demander.

Je me retournai rapidement pour le regarder et vit qu'il avait vraiment l'air inquiet.

- Je vais raconter la vérité, Bill, lui répondis-je. La vérité est que, depuis que je vous ai rejoins dans la voiture, nous n'avons pas eu besoin d'utiliser la barre de métal contre toi…

Voilà qui devrait sans doute lui enlever l'envie de nous trahir, si une telle envie venait qu'à lui prendre.

Je retournai alors mon regard vers Nadia, qui semblait s'être refermée sur elle-même.

- Quel est le plan, maintenant?, lui demandais-je.

Nous roulions ainsi depuis au moins quinze minutes et il semblait que nos agresseurs avaient peu de chance de pouvoir nous rattraper.

Ils en avaient sans doute plein les bras avec leurs blessés et leur crevaison sur le camion. Avec la nuit qui tombait, en plus.

Nadia ne me répondit pas. Elle était sans doute en train de réfléchir aux prochaines étapes.

- Est-ce que nous arrêtons le premier véhicule que nous rencontrons pour demander de l'aide?, demandais-je, tentant de forcer la conversation. Probablement que si nous croisons un camion de transport de bois, le chauffeur pourra utiliser sa radio pour appeler la police, suggérais-je.

Nadia ne répondit pas davantage.

- Je ne pense pas que ce soit une bonne idée, lança Bill.

- Pourquoi donc?, demandais-je.

- Eh bien…il y a pas mal de camionneurs qui travaillent pour Mike et sa bande, répondit-il.

Bon, voilà un nouveau risque que je n'avais pas évalué. Il était possible pour les méchants de lancer un appel radio pour que leurs amis les chauffeurs de camion nous retrouvent. Une voiture n'avait sûrement pas beaucoup de poids contre un camion chargé de billots de bois.

- Si c'est le cas, ajoutais-je, j'imagine que ce ne serait pas une bonne nouvelle de nous retrouver sur le chemin d'un de ces camions, lançais-je.

- Non, je ne pense pas qu'on soit sortis du bois, ajouta Bill.

Dans un autre contexte, j'aurais sans doute trouvé qu'il s'agissait d'une bonne blague. Mais je jetai un coup d'œil à Bill en regardant dans le rétroviseur et m'aperçut qu'il ne semblait pas s'être rendu compte qu'il venait de faire un jeu de mots.

Effectivement, nous n'étions pas sortis du bois.

- Est-ce qu'on continue de rouler ou est-ce qu'on se cache dans les bois pour la nuit?, demandais-je à mes deux passagers.

Nadia sembla soudainement sortir de son mutisme et se retourna vers moi.

- Je pense que le mieux, c'est de trouver un téléphone et d'appeler la police, finit-elle par déclarer.

- D'accord, lui répondis-je, trouvant qu'il s'agissait effectivement d'une option possible. Il faudra retrouver la civilisation pour y arriver, ajoutais-je.

Il n'y avait effectivement pas beaucoup de civilisation dans les parages.

- Je pense que le premier téléphone que nous allons trouver, c'est celui du garage où nous nous étions arrêtés hier, lançais-je à Nadia.

- Peu importe, me répondit-elle. C'est une situation d'urgence, ajouta-t-elle. Dans combien de temps y serons-nous?

- Dans environ une heure, lui répondis-je.

Une heure qui allait sans doute me paraître très long.

À mes côtés, une passagère pas très bavarde qui semblait encore sous le choc.

Sur la banquette arrière, un passager qui songeait sans doute à ce qui allait bien pouvoir lui arriver.

Assis sur le siège du conducteur, les deux mains biens ancrées sur le volant, un chauffeur qui avait bien hâte de quitter cette route où, à chaque instant, un sympathisant des méchants pouvait surgir et décider de mettre fin à notre retour en ville.

Chapitre 21

- Qu'est-ce que c'était que ça?, s'écria Nadia à mes côtés.

La voiture venait, sans l'ombre d'un doute, de rouler sur un objet indésirable qui se trouvait sur la route de terre. Nous en avions clairement ressenti l'effet par la petite danse que venait de faire la voiture.

Petite danse qui fut accompagnée d'un bruit sourd et suivie d'un changement dans la conduite de la voiture.

- Je ne sais pas, lui répondis-je, mais je crois que nous venons de faire une crevaison.

Je pris soin d'appuyer doucement sur la pédale du frein, jusqu'à ce que la voiture s'immobilise sur le côté droit de la chaussée.

- Il ne manquait que ça, lança un Bill que je ne croyais pas capable d'être aussi pessimiste.

Mais il y avait effectivement matière à pessimisme. Alors que nous tentions de fuir cet endroit dangereux, et que la noirceur commençait à nous envahir, voilà que nous devions nous arrêter pour remplacer un pneu. Ce qui allait sans doute nous faire perdre un temps précieux, en plus de nous ralentir pour la suite de notre trajet.

- Il faut croire que ma barre de métal sera utile, après tout!, lançais-je en faisant référence à mon arme, qui allait devoir retrouver sa fonction d'origine et agir à titre de cric.

Les deux passagers ne réagissant pas à ma remarque, je passai donc à la deuxième étape de mon plan et ouvris la portière de la voiture.

- Tu crois que tu pourrais m'aider?, demandais-je à Bill en pointant vers ses jambes.

- Pour être honnête, j'aimerais mieux ne pas trop bouger, répondit-il en se penchant vers sa cheville, grimaçant de douleur.

Je ne savais pas si Bill souffrait autant qu'il le laissait paraître. Son allure brute d'homme des bois détonnait un peu avec la délicatesse d'une cheville endolorie.

- Tu sais comment on change un pneu?, demandais-je alors à Nadia.

- Ça ne doit pas être si compliqué, me lança-t-elle en sortant à son tour de la voiture, laissant notre blessé seul dans le véhicule.

Effectivement, la science du changement de pneu n'était sans doute pas aussi évoluée que celle qui permettait d'envoyer une fusée sur Mars. Mais j'aurais bien aimé avoir une petite fusée sous la main plutôt que d'avoir à changer un pneu sur une route perdue, à la tombée de la nuit, après avoir pris la fuite pour sauver ma vie. Où sont donc les gens de la NASA quand nous avons besoin d'eux?

Nous venions à peine de rejoindre le coffre arrière de la voiture que nous entendîmes un bruit de moteur s'amplifiant. Je me doutais pertinemment qu'il ne s'agissait pas du bruit d'une fusée. Nous levâmes donc la tête et aperçurent un camion qui semblait prendre de la vitesse en se dirigeant vers le devant de notre voiture.

Je compris assez rapidement que le camion ne chercherait sans doute pas à éviter la voiture.

Je me précipitai à toute vitesse pour ouvrir la porte arrière.

- Tu dois sortir d'ici au plus vite, lançais-je à Bill qui venait lui aussi d'apercevoir le mastodonte qui se dirigeait tout droit vers la voiture.

Je l'aidai à sortir de la voiture et pris son bras gauche pour l'enrouler autour de mon épaule.

- Vite!, nous cria Nadia, qui était déjà occupée à courir vers le côté de la route.

Bill et moi réussîmes à faire quelques enjambées, de manière pas trop élégante, nous permettant de nous éloigner suffisamment de la voiture pour être en sécurité lorsque le camion heurta violemment le devant de la voiture.

Nous nous retournâmes quelques instants, le temps de voir le camion pousser la carcasse de la voiture jusque sur le bord de la route. Mine de rien, je venais de voir deux voitures subir des accidents majeurs à quelques heures d'intervalles, sans compter le camion dont j'avais volontairement crevé un pneu. À ce rythme, il n'y aurait bientôt plus beaucoup de matériel roulant opérationnel dans les environs.

Sans perdre de temps, Bill et moi allâmes rejoindre Nadia, qui s'était cachée dans la forêt qui longeait la route.

- Je pense que tu avais raison, lançais-je à Bill. Les camionneurs du coin ne semblent pas vraiment apprécier notre présence.

Bill se contenta de me faire un sourire forcé, lui dont le visage laissait transparaître une bonne dose de souffrance.

Je laissai Bill à côté d'un gros arbre afin qu'il puisse s'y accoter et se reposer un peu, et allai rejoindre Nadia qui se cachait derrière quelque arbres près de la route.

-   On ferait sans doute mieux de ne pas traîner dans les parages, dis-je à Nadia.

Nadia se retourna vers moi, me fit signe de ne pas faire de bruit et regarda à nouveau vers le camion immobilisé quelques dizaines de mètres plus loin.

Le chauffeur du camion, qui était descendu du mastodonte pour aller jeter un coup d'œil à la voiture, jeta un regard vers les bois et, constatant sans doute qu'il serait difficile de nous retrouver dans ce début de noirceur et dans cette forêt dense qui nous entourait, retourna dans son véhicule.

Une fois remis en marche, nous entendîmes le camion s'arrêter un peu plus loin, puis repartir à nouveau après quelques secondes, jusqu'à ne plus l'entendre du tout.

Nadia se retourna alors vers moi.

-   Est-ce que tu penses qu'il est parti pour de bon?, me demanda-t-elle.

-   J'imagine que oui, lui répondis-je pour la réconforter. Il n'avait sans doute pas envie de nous poursuivre dans la forêt et de tomber face à face avec une bête sauvage…

Le visage de Nadia se crispa un peu et je compris que je n'avais pas vraiment réussi à la réconforter. De toute évidence, je devais mettre en veilleuse mes histoires de bêtes sauvages jusqu'à nouvel ordre.

-   Je pense que nous sommes tombés dans un piège, lança Bill qui était parvenu à se rapprocher de nous.

-   Qu'est-ce que tu veux dire?, lui demandais-je.

Bill continua de se rapprocher, toujours en grimaçant, et finit par s'appuyer sur un arbre à nos côtés.

-   Vous avez entendu le camion s'arrêter un peu plus loin et ensuite continuer sa route?, nous demanda-t-il.

Nadia et moi lui fîmes signe que oui en hochant la tête simultanément.

-   Eh bien, je pourrais gager que le chauffeur s'est arrêté pour ramasser un morceau de bois plein de clous qu'il avait mis sur la route avant notre arrivée, déclara-t-il.

-   Tu penses donc que la crevaison n'était pas un accident?, lui demanda Nadia.

-   Sûrement pas, répondit Bill avec une assurance digne d'un détective privé qui a élucidé tous les crimes qui lui ont été confiés. Il y a très peu de temps entre la crevaison et la mise en conserve de la voiture, ajouta-t-il.

Effectivement, la théorie de Bill tenait la route. Je n'osai pas demander s'il s'agissait d'une pratique courante pour les sympathisants de la bande à Mike, craignant offusquer Bill pour ses actions antérieures.

- Qu'est-ce que nous devons faire selon toi?, lui demandais-je, croyant que s'il avait eu le temps d'analyser les raisons de nos déboires, il avait possiblement aussi pu imaginer un plan qui nous sortirait de notre mauvaise position.

- C'est difficile à dire, répondit-il, prononçant chacun de ses mots avec une bonne dose de sérieux. J'ai l'impression qu'on ne nous laissera pas tranquille trop longtemps, ajouta-t-il. Par contre, je ne pense pas que ce soit la meilleure idée de nous enfoncer dans la forêt.

Nous étions donc pris à choisir entre rester ici et nous faire attraper par une bande de bandits sanguinaires ou nous sauver dans la forêt et nous faire dévorer par une horde de loups affamés. Ces loups, ou toute autre créature qui pourrait assouvir son instinct carnivore, pourraient d'ailleurs surgir à tout moment, même si nous restions près de la route. Le seul avantage, pour Nadia et moi, est que nous serions sans doute capables de courir plus vite que Bill. Mais ce n'était sans doute pas la meilleure façon de penser après tout...

- On peut peut-être rester près de la route pour ne pas nous perdre, tout en s'éloignant de la voiture, finis-je par proposer, ne sachant trop si cela pouvait s'avérer une solution acceptable pour notre joyeuse troupe.

Nadia et Bill ne répondirent pas, semblant essayer de trouver une meilleure proposition. Meilleure proposition qui, à mesure que le temps passait et que la noirceur s'installait, ne semblait pas vouloir surgir.

Nous en étions à ces réflexions lorsque nous entendîmes le bruit d'une voiture s'approcher.

Alors que la route avait été pratiquement déserte durant notre voyage vers le terrain, le trafic semblait mystérieusement s'intensifier.

- Ils sont un peu trop efficaces à mon goût, lançais-je à Nadia et Bill, faisant allusion à la prédiction de Bill.

- Silence!, me lança Nadia avec un regard désapprobateur. On ne fait pas de bruit pour ne pas qu'ils nous retrouvent.

Sans grande surprise, nous vîmes une voiture rouge s'arrêter après être passée à côté de la voiture noire transformée en tas de ferraille.

La voiture rouge se mit alors à reculer, pour se positionner à côté de la voiture noire. Du moins, à côté de ce qu'il en restait.

Toujours silencieux aux abords de la route, mais bien cachés par la végétation, nous vîmes une silhouette sortir de la voiture et se diriger vers la voiture noire. La silhouette, armée d'une lampe de poche, commença à inspecter la voiture.

Je m'avançai alors légèrement pour avoir une meilleure vue sur la voiture qui venait de s'immobiliser et de la silhouette qui en était sortie.

- Qu'est-ce que tu fais!, me lança Nadia en apercevant mon mouvement en direction de la route, qui s'accompagnait d'un bruit de petites branches qui se cassaient sous mes pieds.

- Fais-moi confiance et surtout, ne sortez pas d'ici avant que je vous fasse signe, lançais-je à Bill et Nadia.

Je sortis alors de la forêt et me retrouvai sur le bord de la route.

Le bruit de mon déplacement ne passa pas inaperçu, et je me retrouvai rapidement avec l'éblouissante lumière de la lampe de poche dirigée vers mon visage.

Je relevai mon bras gauche pour cacher cette lumière aveuglante.

- Steph, c'est toi?, demandais-je.

Il y eut un bref moment de silence, qui me fit craindre que je me sois trompé à propos de l'identité de la personne qui m'aveuglait.

- P-A! Qu'est-ce que tu fais ici?, me lança une voix surprise mais fort heureusement très familière.

- J'essaie de me sauver d'ici, lui répondis-je.

Il y eut un bref moment de silence.

- C'est une longue histoire, finis-je par ajouter. Est-ce que tu pourrais baisser ta lampe de poche un peu?, lui demandais-je.

La lumière cessa d'être dirigée vers mes yeux, mais l'éblouissement m'empêchait de bien voir pour l'instant.

- Mais toi, qu'est-ce que tu fais ici?, demandais-je à mon tour.

- Je…Je m'inquiétais pour toi, me répondit-il.

- Quoi?

- C'est vrai. En fait, c'est une longue histoire aussi. En parlant à un de mes professeurs de mécanique, j'ai réalisé que Citrouille avait peut-être un problème plus sérieux que ce que je pensais. En fait, il y a un danger qu'elle s'emballe et qu'elle ne puisse pas s'arrêter. Je voulais donc venir t'en aviser, mais…

- Disons que tu n'as plus besoin de t'inquiéter pour ça, lui dis-je. Mais tu ne peux pas savoir à quel point je suis content que tu sois là!, m'exclamais-je.

Je m'approchai de Steph et le pris dans mes bras. Un mouvement qui le prit sans doute par surprise et qui provoqua un certain recul de sa personne.

- Qu'est-ce que tu fais?, me lança-t-il.

- Rien, répondis-je un peu gêné par sa réaction. Je veux dire, il faut qu'on parte d'ici au plus vite.

- D'accord…allons-y, me lança Steph, de toute évidence sans trop comprendre ce qui m'arrivait.

- Attends!, lui lançais-je.

Je me dirigeai alors sur le bord de la route et criai à mes compagnons de voyage qu'ils pouvaient sortir, que mon ami Steph allait nous conduire.

J'entendis alors du bruit et, grâce au peu de lumière qui subsistait en cette fin de journée, finis par apercevoir Bill qui se dirigeait vers moi. Bill affichait un joli sourire grimaçant, visiblement content de savoir que son ancien voisin allait pouvoir nous aider, mais toujours incommodé par la douleur de sa cheville.

- Où est Nadia?, lui demandais-je.

- Elle ne voulait pas venir, me répondit-il, alors qu'il se dirigeait péniblement pour aller rejoindre Steph.

Ne comprenant pas trop la réaction de Nadia, je me dirigeai dans la forêt pour la rejoindre.

- Nous devons partir d'ici au plus vite, me contentais-je de lui dire en guise d'introduction.

- Je ne sais pas…, me répondit-elle, n'osant pas me regarder dans les yeux.

- Qu'est-ce que tu veux dire, tu ne sais pas?, lui demandais-je en tentant de garder mon calme tout en sachant que le temps jouait contre nous.

- Je…Je ne sais plus trop à qui faire confiance, me répondit-elle.

- Comment ça?, m'empressais-je de lui demander, cachant mal mon impatience.

- Eh bien…tu ne trouves pas ça un peu étrange que ton ami se retrouve ici quelques minutes seulement après le départ du camion?

Je dois avouer que cette affirmation me prit par surprise.

- Quoi? Tu crois que Steph pourrait avoir quelque chose à voir avec cette histoire? C'est…c'est impossible!, m'exclamais-je, encore sous le choc.

- Il était tout de même ami avec Bill, me lança-t-elle. Et il est le propriétaire du terrain de tous les malheurs, ajouta-t-elle.

Je pouvais constater que Nadia avait bien pris le temps d'analyser la situation. Par contre, je ne pouvais tout simplement pas croire que Steph pourrait être impliqué d'une façon ou d'une autre avec la bande de Mike.

- Écoute-moi bien, Nadia, lui dis-je en lui prenant les épaules entre mes mains. S'il y a quelqu'un en qui je peux faire confiance, c'est bien Steph. Jamais je ne pourrais croire qu'il me veuille du mal…et à toi non plus, d'ailleurs.

- Mais…mais que fait-il ici alors?, me demanda-t-elle.

- Il s'est rendu compte que Citrouille pouvait être un danger pour nous, me dépêchais-je de lui répondre.

- Citrouille? Qui est Citrouille?, me demanda-t-elle.

- Ma voiture. En fait, mon ancienne voiture. C'est Steph qui s'occupe de son entretien. Il étudie en mécanique automobile.

- Mais qu'est-ce que c'est que cette histoire?, me demanda-t-elle alors, semblant trouver davantage de questions que de réponses dans mes explications.

- Ma voiture s'est emballée l'autre jour et c'est Steph qui l'a réparée. Aujourd'hui, il a parlé à un de ses professeurs de mécanique et il a réalisé que le problème pouvait être plus grave encore. C'est pour ça qu'il est revenu pour nous rejoindre à son terrain.

Nadia prit une pause quelques instants, comme pour assimiler toute l'information que je venais de lui transmettre.

- Il parle à ses professeurs même le samedi?, me demanda-t-elle.

Effectivement, je ne pense pas que Steph aille à l'école le samedi.

- En fait, Steph parle à tout le monde à n'importe quel moment, finis-je par lui dire en espérant la rassurer. Je ne suis pas surpris qu'il ait parlé à un de ses professeurs aujourd'hui.

Nadia pris de nouveau le temps d'assimiler la nouvelle information. Malgré tous les doutes qu'elle pouvait avoir, je continuais de croire que nous n'avions rien à craindre de Steph.

- Et comment est-ce que tu savais que c'était lui qui s'était arrêté à côté de la voiture?, me demanda-t-elle alors, poursuivant son interrogatoire serré.

Nous entendîmes Steph et Bill nous appeler et nous dire que nous devions partir. Mais je devais toujours convaincre Nadia de me suivre.

- J'ai reconnu la voiture de son père, voilà tout, lui répondis-je.

Je sentais que Nadia hésitait toujours à me suivre. Mais nous devions vraiment partir au plus vite avant que les vrais méchants ne se présentent ici.

- Est-ce que tu as confiance en moi?, demandais-je à Nadia en tentant de dénouer cette impasse qui se présentait devant nous.

Nadia hésita un instant et son silence me fit comprendre qu'elle doutait maintenant de ma bonne foi.

- Regarde-moi bien dans les yeux Nadia, lui lançais-je, commençant à penser que nous pourrions ne pas nous en sortir. Regarde-moi bien, répétais-je. Je vais nous sortir d'ici et je n'ai pas du tout l'intention de te faire de mal. Si Steph et Bill te veulent du mal, ils devront tout d'abord m'éliminer. Je ne suis pas un criminel. Je te le jure sur la tête de mes parents.

Je sentis que mon petit discours avait fait son chemin dans la tête de Nadia.

- Tu as la barre de métal entre les mains, ajoutais-je. Si tu penses que je suis ici pour te faire du mal, alors frappe-moi bien fort sur la tempe. Et fait la même chose avec Steph et Bill lorsqu'ils viendront voir ce qui se passe.

Je me reculai légèrement et me penchai la tête comme un prisonnier qui se prépare à passer sous l'épée de son bourreau. Je lui pointai ma tempe gauche avec ma main gauche et me mis les deux mains dans le dos.

Je fermai les yeux et réalisai alors que si Nadia avait en fait été à la solde de la bande de Mike, mon petit discours et ma mise en scène allait sans doute me coûter la vie.

Mais, à mon grand soulagement, le coup ne vint pas.

- Très bien, dis-je calmement à Nadia en me relevant la tête et en constatant qu'elle ne tenait pas la barre de métal d'une manière qui pourrait menacer ma vie.

Une fois debout, je me rapprochai légèrement de Nadia.

- Tu as eu ta chance, lui lançais-je. Tu dois maintenant me faire confiance et me suivre. Je vais nous sortir d'ici.

Sans doute impatient de partir, Steph choisit ce moment pour surgir dans la forêt et se retrouver à mes côtés.

- Qu'est-ce que vous faites?, me demanda-t-il, ne comprenant pas ce qui pouvait être aussi long.

- Rien, lui répondis-je calmement. Je voulais seulement convaincre Nadia qu'elle pouvait venir avec nous.

Nadia resta devant moi, sans parler.

- Tu peux nous faire confiance, lançais-je à Nadia.

Nadia me fit un sourire timide, baissa la tête et se dirigea vers la voiture.

- C'est vrai qu'elle est vraiment belle, me chuchota Steph après s'être assuré que Nadia ne pouvait plus nous entendre.

- Oui, lui répondis-je. Un peu difficile à suivre parfois, mais tout de même très agréable comme personne, me contentais-je d'ajouter.

Nous ne perdîmes pas une seconde de plus et nous nous dirigeâmes vers la voiture.

Nadia prit place sur la banquette arrière, la barre de métal entre les mains, sans doute prête à s'acharner sur la cheville de Bill si ce dernier laissait paraître la moindre volonté de la trahir. Steph prit place au volant et je pris place du côté passager, souhaitant pouvoir nous sortir de ce guêpier au plus tôt.

Steph se bomba le torse comme s'il était le pilote de la plus importante expédition qu'ait connue l'humanité.

Il ne restait qu'une vingtaine de minutes à faire avant d'atteindre notre prochaine destination et je ne pouvais qu'espérer que nous pourrions finalement nous rendre jusque là.

Sur le chemin, je pris soin de raconter à Steph l'histoire invraisemblable de notre expédition : la rencontre de Bill, les confidences de Mike, mon tour de magie pour m'échapper du coffre de Citrouille, la mort de Citrouille, notre fuite dans la voiture noire, la mort de la voiture noire et son arrivée triomphale.

Tout en racontant cette histoire, j'avais gardé les yeux braqués sur la route, craignant de voir surgir des phares de voitures qui auraient sans doute annoncé une autre mauvaise période à passer. Contre toute attente, notre trajet fut accompli sans l'ombre d'un autre véhicule. Comme quoi les ressources de la bande de Mike n'étaient pas inépuisables.

Pendant le voyage, Nadia avait semblé se détendre quelque peu. J'étais sous l'impression que le fait d'entendre ma version de l'histoire la rassurait sur le fait que je n'avais rien à voir avec la bande de Mike. Les réactions de Steph, qui n'en revenait tout simplement pas d'entendre cette histoire, avaient peut-être également contribué à ce que la méfiance de Nadia envers nous diminue. Même le silence de Bill semblait avoir contribué à la cause!

Il était trop tôt pour crier victoire, mais nous étions maintenant en bien meilleure position que quelques minutes plus tôt.

Chapitre 22

- C'est bon, ils devraient être là dans une vingtaine de minutes, lança Nadia en sortant du garage.

Le garage était fermé pour la nuit. Mais Bill se souvenait très bien comment y entrer depuis notre voyage ici avec Steph. Ce qui avait permis à Nadia d'utiliser le téléphone public qui se trouvait à l'intérieur, faute d'avoir un signal convenable pour son téléphone cellulaire.

Heureusement pour nous, en fait, que le garage était fermé puisque le propriétaire nous aurait sans doute fait payer bien cher notre petite blague de la veille.

- J'aurais besoin d'aller à la toilette, lançais-je à Nadia, tentant d'avoir l'air sérieux.

Elle me regarda, cherchant à savoir si je lui faisais une blague. Je lui fis alors un beau sourire.

- Je pense que tu serais mieux d'aller faire ça avec les ours à côté du poteau électrique là-bas, me répondit-elle, s'efforçant de ne pas rire. Je pense que les toilettes sont hors d'usage, ajouta-t-elle.

Cela faisait du bien d'enfin voir Nadia sourire un peu.

- Qu'est-ce qu'on fait en attendant que les policiers arrivent?, demanda Bill.

- Je pense qu'on serait mieux d'attendre dans la voiture, lui répondis-je.

- Pas du tout!, s'empressa de répondre Nadia. Nous risquons de nous faire repérer par des gens à la solde de Michel.

- Mais nous n'avons croisé personne depuis que nous avons quitté le camp, rétorqua Steph.

- Je sais, lui répliqua Nadia. Mais il y a quand même un risque pour les vingt prochaines minutes.

- On devrait peut-être cacher la voiture, suggéra Steph. Peut-être que si je vais la stationner derrière le garage, il y a moins de chance que des gens l'aperçoivent, proposa-t-il.

- Ce serait mieux de cacher la voiture plus loin, lança Nadia, pour éviter que quelqu'un la retrouve trop près d'ici. Puisque les policiers doivent nous retrouver au garage, il serait bon que nous soyons ici à leur arrivée.

-   En arrivant ici, j'ai vu un petit chemin un peu plus loin sur la route, à côté d'une lumière, lui répondis-je. Mais je ne sais pas où mène ce chemin.

-   À quelle distance d'ici se trouve ce chemin?, d'après toi, me demanda Nadia, très intéressée par ce que je venais de dire.

-   Pas très loin. Moins d'un demi-kilomètre, j'en suis sûr, lui répondis-je.

-   Très bien, allons porter la voiture dans ce chemin et nous revenons ici au plus vite, affirma Nadia, se dirigeant déjà vers la voiture.

-   Je vais rester ici pour vous attendre, lança Bill.

Nadia se retourna d'un coup sec.

-   Pas question de nous séparer, lui répliqua-t-elle sèchement. Nous sommes quatre personnes en fuite et nous resterons quatre personnes en fuite jusqu'à l'arrivée des policiers.

-   Mais ma cheville…, tenta de rétorquer Bill.

-   Ta cheville va nous suivre aussi, lui lança Nadia en lui coupant la parole.

Bill ne prit même pas la peine de répondre à l'ordre lancé par Nadia. Il nous rejoignit donc péniblement à la voiture.

Steph reprit le volant et conduisit quelques dizaines de mètres, jusqu'à un petit chemin étroit à la gauche de la route. À côté de ce petit chemin se trouvait un poteau de lumière, le dernier à éclairer la route après le garage, ainsi qu'une pancarte rouge qui indiquait qu'il s'agissait d'un chemin privé. Il s'agissait sans doute d'un chemin d'accès à un terrain enclavé, une sorte de droit de passage entretenu pas trop régulièrement à en juger les repousses qui s'y trouvaient.

Après avoir avancé quelques mètres sur le chemin, Steph éteignit le moteur et nous sortîmes de la voiture. La lumière du poteau ne se rendait pas jusqu'à la voiture, ce qui rendait peu probable que quelqu'un remarque sa présence ici, en pleine nuit.

Nous regagnâmes la route principale et Nadia et moi courûmes jusqu'au garage, voulant nous assurer qu'il y aurait quelqu'un de présent lors de l'arrivée des policiers. Pendant ce temps, Steph suivit lentement derrière avec Bill qui s'appuyait sur ses épaules.

Après avoir repris notre souffle, nous entrâmes à l'intérieur du garage, prenant toutefois soin de ne pas allumer de lumière. Nous nous dirigeâmes à côté de la vitrine avant, attendant patiemment l'arrivée des policiers. Quelques minutes plus tard, Steph et Bill se joignirent à nous.

- Je vais vous donner un conseil, à tous les deux, lança Nadia à Bill et moi.

Voilà que la Nadia préoccupée refaisait surface.

- Lorsque les policiers vont arriver, laissez-moi parler, nous ordonna-t-elle. Et si jamais ils décident de vous lire vos droits, ne dites plus rien sans la présence de votre avocat.

- Comment ça, nous lire nos droits?, demanda Bill.

- Pour vous mettre en état d'arrestation, lui répondit-elle simplement.

En fait, j'aurais compris pourquoi les policiers mettraient Bill en état d'arrestation. Il avait trempé dans des affaires assez louches dernièrement et il pourrait être vu comme un complice de nos agresseurs. Il avait habité pendant quelques temps dans un camp de bois où s'empilait des appareils électroniques dont la provenance n'était pas vraiment connue. Mais dont quelques hypothèses étaient possibles. Et une de ces hypothèses était qu'il s'agissait d'une partie d'un certain magot remis à Bill suite à certains vols.

Mais pourquoi est-ce que Nadia adressait ce conseil à moi aussi? Qu'avais-je fait de mal?

- Pour quelle raison est-ce qu'ils m'arrêteraient?, demandais-je à Nadia.

- Je ne sais pas, se dépêcha-t-elle de répondre. Je ne sais pas, mais tu as tout de même volé une voiture…

- Quoi!, m'exclamais-je.

- Bien oui, tu as volé la voiture que nous avons utilisée pour nous enfuir, me dit-elle.

- Mais j'ai dû la prendre pour nous sauver d'une très fâcheuse situation, je tiens à te le rappeler!

- Je sais, je sais, me répondit Nadia. Tu sais, ils pourraient très bien m'arrêter moi aussi pour complicité dans ce vol.

J'espérais bien que je ne serais pas le seul de nous deux à me faire arrêter.

- En fait, P-A, je voulais te dire…, me lança-t-elle d'une voix posée.

J'attendais patiemment la fin de sa phrase.

- Eh bien, je voulais te dire merci, poursuivit-elle. Tu as vraiment été très courageux dans toute cette histoire.

Enfin, quelqu'un reconnaissait ma contribution au bien-être de la société!

Cela me fit le plus grand bien. Je lui souris en guise de réponse, ne disant aucune parole.

Elle me sourit à son tour et ce fut suffisant pour augmenter mon rythme cardiaque qui était déjà au-dessus de la moyenne.

Mon sentiment de héros se permit de revenir m'habiter pendant quelques instants.

Habituellement, c'est à ce moment que nous aurions dû nous embrasser et annoncer que nous allions vivre heureux et avoir beaucoup d'enfants. Malheureusement, les lumières bleues et rouges de la voiture patrouille éclairèrent la vitrine du garage et nous nous précipitâmes vers la sortie pour aller retrouver ceux qui allaient enfin nous ramener en lieu sûr.

« Ce sera pour une prochaine fois », pensais-je.

Chapitre 23

Debout derrière le comptoir, je sentais que les livres me vouaient une sorte de respect. Comme s'ils considéraient que je faisais partie de leur famille.

Tout comme eux, j'étais habité par une histoire intéressante qui ne demandait qu'à être partagée parmi le public.

Nous étions sur la même longueur d'onde.

- P-A, tu reviens sur terre s'il vous plaît.

La voix de Caroline me fit faire un sursaut. Je m'empressai de saisir les livres qui se trouvaient sur le chariot devant moi, sans trop savoir ce qu'ils faisaient là, et en laissai tomber trois sur le sol.

- Il y a des clients à servir, me lança Caroline qui se trouvait déjà au comptoir.

Je ramassai les livres que j'avais renversés et pris ma place au comptoir.

Je servis avec un joli sourire trois femmes et un homme, lorsque je remarquai que Nadia attendait en ligne loin derrière.

Elle était toujours aussi magnifique.

Mon cœur se mit à battre plus fort, comme à chaque fois que je l'apercevais.

Je me remis immédiatement au travail, souhaitant que le hasard mène Nadia à ma section du comptoir. Je servis donc efficacement les clients qui se présentaient devant moi, tentant à chaque fois de déterminer si Nadia avait plus de chance de se présenter devant moi ou devant Caroline.

Lorsqu'il ne resta que deux personnes à servir devant Nadia, cette dernière me salua de la main et me fit un très joli sourire.

Mon cœur, qui n'avait pas encore ralenti la cadence, sentit une légère montée d'adrénaline à ce moment.

Je servis alors la prochaine personne en ligne, alors que Caroline semblait s'éterniser avec son client actuel. Je tentai de prolonger un peu le service de mon côté, souhaitant que la personne devant Nadia se dirige vers Caroline, mais je dus finalement finaliser la transaction d'emprunt avec la dame qui commençait sans doute à se demander pourquoi je passais tant de temps à la servir.

La prochaine personne de la file se présenta donc devant moi et eut droit au service le plus expéditif de la journée. Heureusement qu'elle avait déjà sa carte de bibliothèque dans la main, sinon j'aurais sans doute dérobé son sac à main pour m'en emparer.

Mais ma vitesse d'exécution ne fut pas suffisante. Caroline salua le client qu'elle venait de servir pendant une portion d'éternité et fit signe à Nadia d'avancer vers elle.

À mon grand soulagement, Nadia laissa passer la personne derrière elle et fit signe à Caroline qu'elle irait me voir.

Je ralentis alors la cadence, pour ne pas avoir l'air d'un commis affolé, et souhaitai une bonne journée à la dame que je venais de servir.

Je profitai de ce moment pour aller porter une pile de livres sur le chariot et retournai au comptoir. Je remarquai alors que Nadia n'avait pas de livre dans les mains.

- Salut, lui lançais-je pour briser la glace.
- Salut, me répondit-elle simplement.

Sans trop savoir pourquoi, c'était comme si un mur de glace s'était dressé entre nous. Malgré le fait d'avoir fait le dernier voyage ensemble, d'avoir réussi à nous échapper et d'avoir été reconduits par les policiers à notre domicile respectif, nous semblions étrangement timides l'un envers l'autre. Même si seulement quelques jours s'étaient écoulés depuis.

- Je cherche un livre, me dit Nadia.
- Vous êtes à la bonne place, lui répondis-je.
- Un livre qui donnerait la marche à suivre pour s'excuser, précisa-t-elle.
- J'aimerais bien vous guider, mais il faudrait que je sache de quel type d'excuse il s'agit.

Nadia baissa les yeux et je compris qu'elle venait de mettre fin à notre petit jeu de rôle.

- Je me suis intéressée à toi seulement parce que je voulais en savoir plus sur ce qui était arrivé à Poupou, me lança-t-elle tout en relevant les yeux vers les miens.

Je tentai de rester impassible, mon visage restant de marbre pendant que mon cœur encaissait le choc.

- Tu veux dire…

Je n'eus pas le temps de finir ma phrase que Nadia décida d'en ajouter, baissant à nouveau les yeux vers le comptoir.

- Je veux dire que je t'ai laissé croire que nous pouvions être amis alors que tout ce que je voulais, c'était connaître la vérité sur la mort de mon chien.

Cette fois, il n'y avait plus aucun doute dans mon esprit. Mon chien était mort. En fait, je voulais dire que mon espoir de vivre heureux avec Nadia et d'avoir plusieurs enfants venait de se dissiper.

- D'accord, répondis-je en tentant de garder le contrôle de mes émotions. J'apprécie ta franchise.

Nadia releva la tête et reprit la parole.

- Mais la vérité est que cela m'a permis de rencontrer un jeune homme très courageux à qui je dois probablement le fait d'être en vie aujourd'hui, ajouta-t-elle avec un timide sourire.

Voilà qui était de meilleur augure.

- J'aimerais bien que ce jeune homme continue de faire partie de ma vie, me lança-t-elle.

J'étais bien sûr enchanté par ses propos, mais j'avais mis tant d'efforts pour que ma physionomie ne laisse pas paraître mes sentiments que j'étais toujours impassible, telle une statue de marbre derrière le comptoir de la bibliothèque.

J'hésitais entre sermonner la jolie Nadia pour lui donner une bonne leçon de savoir vivre ou lui répondre avec un énorme sourire et la serrer dans mes bras.

Voyant que le visage de Nadia se laissait envahir par une vague d'inquiétude, je décidai de réagir rapidement. Avec le sourire, mais en me gardant une petite gêne pour l'accolade spontanée.

- J'aimerais bien faire partie de ta vie également…si je suis bien le jeune homme dont tu parles, lui dis-je.

C'est alors que Nadia s'approcha du comptoir, me saisit le derrière de la tête avec sa main gauche et la dirigea rapidement vers elle pour me donner un baiser sur la bouche.

Tentant d'abord de résister, à cause de l'effet de surprise, je me laissai aller tranquillement, savourant le moment.

Malgré le cœur qui me battait dans les oreilles, je parvins à entendre les applaudissements de la foule autour de moi. À moins que mon imagination en ait profité pour remplacer mes battements de cœur affolés par une volée d'applaudissements.

Nadia relâcha doucement la prise qu'elle avait sur moi et nous reprîmes nos positions respectives. Je voulus lui adresser la parole, mais mes cordes vocales semblaient s'être volatilisées et ne répon-

daient plus aux commandes de mon cerveau. Cerveau qui avait d'ailleurs beaucoup de difficulté à reprendre le contrôle.

Heureusement, Nadia fut la première à parler.

\- J'aimerais bien que tu viennes souper à la maison ce soir, me lança-t-elle.

Je parvins à reprendre l'usage de la parole, juste à temps pour lui répondre.

\- Est-ce que ta mère est d'accord?, lui répondis-je bêtement, craignant de me faire écorcher vif par la pauvre femme à qui j'avais fait tant de torts.

\- Bien sûr, me rassura-t-elle. Maintenant qu'elle connaît toute la vérité sur cette histoire. Et mon père a très hâte de te rencontrer en personne, ajouta-t-elle.

Voilà qui faisait contraste avec mes dernières communications avec eux.

\- Est-ce que tu veux que j'apporte quelque chose?, lui demandais-je.

\- Non…en fait, surtout pas de collier de chien, me lança-t-elle en s'éloignant tranquillement du comptoir.

Je lui fis alors mon plus beau sourire.

\- Tu peux venir vers 18h, me cria-t-elle en se retournant, pour finalement sortir de la bibliothèque.

Je restai immobile un instant, ne voyant même plus les gens qui attendaient dans la file d'attente.

Caroline s'approcha de moi, me jetant un curieux regard.

\- Dis donc, je ne savais pas que tu avais une copine, me lança-t-elle.

\- Moi non plus, lui répondis-je.

Caroline me fit une grimace.

\- En passant, il y a une jeune femme des ressources humaines qui a laissé deux messages pour toi durant ton absence, me dit-elle. J'ai noté son numéro de téléphone sur le babillard.

\- D'accord. Merci, lui répondis-je, reprenant place derrière le comptoir de la bibliothèque.

Désolé pour la jeune femme des ressources humaines, mais si elle comptait rencontrer un jeune homme célibataire avec une petite maladie sympathique, elle allait devoir chercher ailleurs. Du moins pour l'instant. Je me laisserais la chance de constater que Nadia ne changerait pas d'idée à mon sujet avant de lui retourner son appel.

J'étais bien sûr enchanté par la proposition de Nadia, mais il était sage de se garder un plan B au cas où la réalité finissait par avoir raison de notre relation naissante.

J'avais bien hâte d'annoncer à Steph que j'allais maintenant souper chez Nadia. Lui qui ne parvenait toujours pas à croire l'histoire incroyable qui m'était arrivée.

Il s'accordait en fait beaucoup de crédit pour ce qui m'arrivait. Selon lui, tout était arrivé grâce à son invitation de visiter son lot dans le bois. Ma rencontre avec Nadia, ma perte de Citrouille, son courageux voyage qui nous avait permis de nous rendre jusqu'au garage. Toutes des conséquences positives pour lesquelles je devrais lui être éternellement reconnaissant, me disait-il.

Effectivement, tout cela ne me serait jamais arrivé si Steph ne m'avait pas invité sur son lot.

Par contre, dans la vie, il suffit parfois d'être à la mauvaise place au mauvais moment pour que tout aille pour le mieux.

Je me promis de prendre cette dernière réflexion en note, songeant que cela ferait une excellente conclusion pour terminer un jour un roman racontant mon histoire. Un roman dont j'avais bien hâte de connaître la suite.